冷徹支配人は孤独なシンデレラへの迸る激愛欲を我慢しない

m a r m a l a d e b u n k o

[illegible]

マーマレード文庫

目次

冷徹支配人は孤独なシンデレラへの迸る激愛欲を我慢しない

冷徹支配人は孤独なシンデレラへの迸る激愛欲を我慢しない

第一章　鏡の私は笑わない。

『天国に一番近いホテル』、それは私がずっと夢見てきた場所であり、大事な人との約束の場所でもあった。たくさんの思い出が詰まったその場所で働くことが幼いころからの夢。

長年の夢であったその場所で「最愛の人」と「最悪な出会い」を果たしたあの日のこと、私は残りの人生、一生忘れることはないだろう。

カリヨンの音が幸福のリズムを刻みながら鳴り響く。すると周りにいた同僚たちが作業を止め、一斉に顔を上げた。

「今日も結婚式あったんだ。ここ最近、式挙げるカップル多いよねー」

ホテルの庭に面している教会でまた一組のカップルが幸福に包まれた。そのことに関して彼女たちは「いいなー」と羨ましそうに声を漏らした。

「『天国に一番近いホテル』での結婚式、女の子の夢だよね。結婚式は絶対ここで挙げるって、私決めてるから！」

私のことをそのように言うのは世界中を探してもこの男だけだろう。差し出された冷水に見向きもせずに私は次に頼むカクテルを吟味した。

『カルペ・ディエム』はフルールロイヤルホテルの十六階にあるカクテルバー。私は仕事終わりにこのバーによく足を運んでいる。理由は今話している男性、橘《たちばな》睦月がバーテンダーとしてここで働いているからだ。

「顔が無表情で怖いから怒っているように誤解される、か。俺は遊ちゃんを見ていてそう思ったことはないけどなあ」

そう疑問を口にした彼に「それはそうだ」と心のなかで愚痴を漏らした。彼とそのほかの人とでは見せる顔が全く違う。人と話すときに緊張して顔が強張り、上手く言葉が出てこなくなる。対人恐怖症に似たこの現象が私のコンプレックスだった。

私は昔から人前で話すことや注目されることが苦手だった。おまけに感情が顔に出ないせいで無表情でいることも多く、それも相まって周りの人からはクールだとかいつも怒っているだとか勘違いされやすい。

「確かに怒りっぽいところもあるけど、別に些細なことで怒ったりしないもんね」

「怒りっぽくもないってば。それは睦月が私のことをからかってくるからでしょ」

二つ歳が下の睦月に対してだけ砕けたように話せるのは、彼が私の従弟で古くからの付き合いだからだ。彼は私の性格やコンプレックスを理解しているし、家族のような存在の睦月の前では緊張することなく、自分のことを曝け出すことができる。それに彼はバーテンダーとして日ごろから接客を行っていることもあり、話している相手の感情を引っ張り出すことに長けているというのも大きい。

目の前に置かれた冷水が注がれたグラスをぼーっと見つめていると不意に過去の記憶が蘇った。それは専門学校時代、ハウスキーパーの技術を身につけるための授業で班が一緒になった女の子に言われた台詞だった。

『長沢さんってなに考えているか全然分かんない。ただ黙って仕事をこなすだけだったらお掃除ロボットと一緒だよね』

『お掃除ロボット』、そう私のことを揶揄した彼女。もう三年以上経っているというのに未だ思い出すたび胸が締め付けられる言葉だ。

顔に出ないからと言って感情がないわけではなく、なにを言われても傷つかないわけでもない。だけど彼女の言葉は間違いではなく、私の淡々とした作業が彼女からはそう思えてしまったのだろう。ハウスキーパーの仕事は基本お客様と顔を合わせることなく、一人で黙々とする作業がほとんどだ。それでもタイミングによってはお客様の要望に応えたり、客室のトラブルに対応する接客力など、対人スキルが試される場面もある。彼女の言う通り、ただ黙って仕事をこなすだけではハウスキーパーとして立派に働けているとは言えない。

（お掃除ロボット、か……）

せっかくこのホテルで働く夢を叶えたというのに私は未だに彼女の言うお掃除ロボットから卒業できていない気がしている。それに二十三歳にもなって人とまともに話せないのでは、この先このホテルでやっていけるのかどうかも分からない。

ここで働くことを夢見て努力してきた。だけど就職できてゴールじゃない。私はここから変わっていかなくてはいけない。

「って、遊ちゃんどこ行くの？」

「外の空気吸ってくる」

静かに席を外すとほかのお客さんの対応をしていた睦月が驚いたように声をかけた。

このバーにはテラスがあり、貸し切りにされていない限りは自由に出入りが可能だ。このテラスのデッキに上がるとホテルの十六階からの夜景を望むことができ、広々としていて一息つくのにお気に入りの場所だった。

（落ち着くな……）

アルコールで火照った体を夜風が冷ましてくれる。バーとは離れているおかげで人の声も届かない。静かな空間に私は一人ため息を溢した。設置されているベンチに腰を下ろし、そこから見えるビルの夜景に目を凝らす。すると徐々に瞼が重たくなっていき、急激な眠気に襲われた。

（こんなところで寝たら風邪引く……）

だけど少しくらいなら平気かな……？

それからどれだけの時間が経ったのだろう。ふと意識を浮上させ、薄く目を開く。するとこちらに背を向けて夜景を眺める大きな背中が目に入った。その男性が持つ煙草からは紫煙が揺蕩い、暗い空を背景に白い糸のように昇っていく。その背中を見つめていると突如頭痛に襲われ、私は頭を押さえながら小さくうめき声を上げた。その声に気付いて背後を振り返った男性と目が合う。男性の顔に月の光の影がかかってはっきりと目視できない。必死に目を凝らしていると相手の男性がそんな私に向かって口を開いた。

「やっと起きたか」

「……えっと？」

私の元へ近づいてくる男性の顔が徐々に露になっていく。すると彼の顔の造形美に思わず目を奪われた。外国人のように高い鼻に整った形の唇、前髪の隙間から覗く切れ長な目がすべてバランスよく配置されている。

綺麗な人、男性を見てそんな感想を抱いたのは生まれて初めてだった。男性に見惚れて言葉が発せなくなっている私に彼が首を傾げる。

「どうした、まだ寝ているのか？」

「い、いえ……」

起きているつもりなのだが状況に頭がついていけていない。先ほどから話しかけてくるこの男性はいったい誰なのだろう。知り合いなのかと思ったが、こんなに綺麗な人を忘れることはないだろうし。

過去を思い出そうとすると摂取したアルコールの影響か頭痛が響く。頭を抱えている私を見て、目の前の男性が重く息を吐き出した。

「若い女がこんなところで寝るんじゃない。危ないだろ」

もしかしてあとからテラスに来た彼がベンチで眠っている私を発見し、心配で起きるまで傍にいてくれたということだろうか。しかし現実にそんな心優しい人が存在するのか。ぐるぐると思考が回転し、次第に目も回り始めた。

「はあ、話にならないな。とにかくここにいては風邪を引くだろう。どこの誰だか知らないが、君も早く帰るといい」

そう言ってこの場から離れようとする男性にハッと我に返ると「待って」とベンチから立ち上がる。無意識に口から飛び出した言葉に驚いていると、彼が足を止めてこちらを振り返った。

「なんだ、なにか用か？」

この人が誰なのかは分からないけれど、危機管理のなっていなかった私のことを心配してくれたのは確かだ。そのことについては彼に感謝の気持ちを伝えなければならない。

「っ……」

ありがとうございます、そんな簡単な言葉ですら肝心なときに限って出てこない。緊張からか脈が速くなり、呼吸も荒くなり始めると私の視線は次第にデッキへと落ちる。初対面の人と話すからこんなにも緊張しているのだろうか。それともこの男性があまりにも格好良くて胸が高鳴っているから？

（違う。これは……）

き、気持ち悪い。背筋が凍るような動悸に思わずその場にしゃがみこむ。急激な吐き気を催したそのあとのことを、私はよく覚えていない。

チュンチュンと外から聞こえる鳥の声で目を覚ますと無の感情のまま自宅の天井を見つめる。しばらくして昨晩の出来事がフラッシュバックすると「あー」と情けない声を漏らしながら両手で顔を覆った。

（やらかした……）

過去最大にやらかしてしまったかもしれない。できれば夢であってほしいとさえ思うけれど生々しい記憶が次々と思い出される。しかし自分の尊厳を守るために言えることは吐き気を催しただけで最悪な事態にはなっていなかったこと。それは不幸中の幸いだったと言えるだろう。それでも初対面の人の前で酔って吐き気を催すなんて、穴があったら入りたい。

すると枕元に置かれていたスマホの着信音が鳴り、着信元を確認すると通話ボタンをタップした。

《あ、遊ちゃん起きてたの。おはよう》

「お、おはよう睦月」

《昨日のこと覚えてる？》

記憶がなかったら今こんなに凹んでいない。恐る恐る「はい」と小さく返事をすると、睦月は《よかった》と乾いた笑いを漏らす。
《じゃあ俺が仕事の合間を縫って遊ちゃんを家まで送り届けたことまで覚えているんだよね》
「はい。昨日はご迷惑をおかけして本当に申し訳ありませんでした」
《本当だよ。まあ俺も接客で忙しくて、遊ちゃんが戻ってきていないの気付いてなかったから。でもまさか外で倒れてたなんて……》
睦月曰く、昨日の私は普段よりも呑むペースが速く、羽目を外し飲みすぎたせいで体調を崩してしまったらしい。急性アルコール中毒とまでは言わないが、軽くその症状が出てしまっていたのだろう。そんな私にあの場に居合わせた男性が肩を貸してくれ、バーのなかへ戻ることができたのだ。
私はスマホをスピーカーへと変え、昨晩のことを睦月に詳しく聞きながら朝食の準備を始めた。
「睦月、あの人って知ってる？」
《遊ちゃんのことを抱えてきた人？　うーん、顔初めて見たから常連の人ではないと思うけど》
バーのなかで休ませてもらい、体調がよくなったころにはあの人の姿は見当たらなくなっていた。面と向かって謝罪をしたかったが常連でないとするとあの場所で再会できる可能性は限りなく低いだろう。できれば面と向かってお礼が言いたい。名前と連絡先を聞くのを忘れたため、唯一覚えている手掛かりはあの整った顔だけだ。そんなことを考えながらトーストしジャムを塗った食パンを口に含んだ。

《遊ちゃん、しばらくのあいだあんまり飲みすぎたらだめだよ。ほかのお店でも気を付けるように》

「……はい、気を付けます」

睦月に昨日の謝罪と感謝を告げると、仕事終わりに連絡をくれた彼との通話を切り上げた。睦月と話して改めて昨日の私は最悪だったと反省する。

朝食を済ませ家を出る準備を終わらせると、私は寝室の棚に飾られている写真立てを手にした。幼いころ、両親とともに地元の写真館で撮影した家族写真。幸せそうな笑顔を浮かべている父と母に向かって心のなかで囁く。

(行ってきます、二人とも……)

今は亡き両親に朝の挨拶をすると私はいつも通り家を出て職場へと向かった。

私の職業であるハウスキーパーの基本的な業務は客室の清掃とアメニティなどの備

品の管理。宿泊するお客様の前に出る機会は少なく、そのため技量が求められるこの仕事が私にはとても合っている。

「遊、おはよう。今日もいつも通りだねー」

「香苗《かなえ》……」

出勤後、ロッカールームへ向かう最中で後ろから肩を叩かれて振り返ると、そこには茶色でボブの髪型をしている小柄な女性が笑顔を浮かべて立っていた。彼女は私の同僚で同期の武本《たけもと》香苗。私がここで働いているなかで唯一普通に話せる人物だ。最初に話しかけてきたのは彼女で、ぐいぐい来る性格に驚いたが、香苗は私が無表情でいても怖いとは思わずに仲良く接してくれる。裏表のないあっけからんとした性格に救われている。

彼女の言う「いつも通り」は私の表情のことだろうが、ほかの人と違って嫌味のようには聞こえない。

「そういえば今日だよね、新しい支配人来るの。どんな人なんだろう。若い人だといいんだけどなあ」

ロッカールームに着くと彼女がそのようなことを漏らす。前任の宿泊部門の支配人が定年のため退職したのが一週間前のこと。今日から新しい支配人が配属されること

周りがざわつき始めた。

「では今日から新しく配属されてきた氷上《ひかみ》くんに挨拶をしてもらおうと思います。氷上くん、頼むよ」

「氷上」、その苗字はフルールグループが経営する企業で働く人間であれば一度は耳にしたことがある。フランスに本社をかまえているフルールグループ、しかし日本ではとある財閥がその運営を行っている。それがフルールグループの親戚にあたる氷上財閥だ。このホテルのほかにフルールグループが日本で展開しているアミューズメント施設やショッピングモールの経営、さらには不動産業や出版業など幅広く事業を束ねているトップ一族であり、日本でも有数の企業グループだ。

まさか。そんな疑惑を抱えている私を含めた従業員たちが見守るなか、アシスタントマネージャーからマイクを受け取った男性が言葉を発した。

「今日から宿泊部門の支配人に配属されることになった氷上です。よろしくお願いします」

声を聞いてさらに確信する。この低く落ち着いた声のトーンを、私は一度耳にしている。

「氷上くんはこれまでフルールグループ系列のホテルで業績を上げてきた実績のある

方です。これからは宿泊部門の業績の管理のほかにスタッフの教育体制についても強化していただく予定です」

彼よりも二回りは上のアシスタントマネージャーがそう説明すると徐々に女性陣から黄色い歓声が上がり始めた。まだ彼が氷上財閥の人間かどうかは分からない。だが氷上さんはその容姿から相当女性受けがよさそうだ。あの若さで支配人というエリートでありながら、整った容姿をしているのだから心惹かれる気持ちも分からなくはない。

最後になにかないかとアシスタントマネージャーが氷上さんに話を振る。するとマイクを握り直した彼が真剣な表情のまま口を開いた。

「先日からこのホテルのことを見させていただいていましたが、このホテルの欠点は従業員のレベルの低さです」

彼の言葉にその場にいた全員が口を閉ざし、沈黙が流れた。私たち従業員に辛辣な言葉を投げかけた彼はどこかイラついているように感じ、丁寧な言葉遣いとは裏腹に怒りの感情がこもっていた。

「特に若いスタッフを見ていてそう思うことが多い。だが今後このホテルを背負っていくのはそんな若いスタッフたちだ。君たちがこれからも今と変わらない意識で仕事をするのであれば、このホテルの未来はここで終わるだろうな」

口調を変え、さらに言葉が厳しくなる氷上さんに呆気に取られる。先ほどまで氷上さんのことを格好いいと口にしていた香苗や周りの女性従業員たちも彼の豹変ぶりに言葉を失くしていた。

しかし彼が指摘したのが今のホテルの弱点であることは間違いなかった。それを的確に突いた彼はアシスタントマネージャーの紹介にある通り、様々なホテルを渡り歩いてきたからこそ、観察眼に優れているのだろう。

この人、少し苦手だな。昨日助けてもらった身であるにもかかわらず、そんな感想を胸に抱いてしまう。私と違って思ったことをなんでも口にできるところは凄いと思うけれど、言葉に棘がありすぎる。

すると氷上さんはそんな現状を打破するため、動揺している私たちに向かってとある改革を提案してきた。

「若手スタッフの士気を高めるため、今の若いスタッフのなかから職種ごとに特に優秀なスタッフを代表として選出し、研修を受けてもらう。今後はそのスタッフがリーダーとなり、それぞれの業務をまとめてもらう予定だ。少しのあいだ時間を与えるので今ここでそのスタッフを決めてほしい」

若手スタッフのなかから代表を選出してリーダーに？　これまでハウスキーパーのまとめ役はいつもベテランの先輩だった。もし若手のなかからリーダー的立場の人間が生まれれば全体の意識も変わるだろう。

氷上さんが腕時計を確認するとともに従業員たちが職種ごとに集まり始めた。私も香苗に連れられてハウスキーパーの集まりに参加する。しかし特に女性スタッフが多いハウスキーパーは先ほどの氷上さんの発言からか、彼に怯えているスタッフがほとんどであった。研修に参加すると彼と関わる機会が増えるだろうし、研修の内容も厳しいことは想定できる。みんなの表情から「選ばれませんように」と内心で祈っているのが見て分かった。

そんな若手の様子に困った表情を浮かべるベテランスタッフのなかで、ハウスキーパーのリーダーであった舞《まい》木《き》さんと目が合った。なにかを確信しているような彼女の表情に「まさか」と嫌な予感が頭を過る。そんな私の嫌な予感が的中するように、彼女がよく通る声で宣言した。

「私は長沢さんがいいと思うけど、みんなはどう？」

突然名前を呼ばれ指名された私は心のなかで「え？」と声を漏らす。

「長沢さんは若手のなかでも特に仕事と向き合っていると思うの。きっとあなたがリーダーになってくれたらほかの子たちのいい見本になると思う」

「わ、私……」

どうしよう、できればそのような責任のある立場には立ちたくなかった。いくら仕事ができたとしても今の私ではほかの同僚たちと十分にコミュニケーションも取れない。そのような人間がリーダーに向いているとは思えないからだ。そっとほかの子たちに目配せをしてみるが、みんな氷上さんと関わりたくない一心からか、気まずそうに私から目を逸らす。

この流れからして、私がやらないと話がまとまらないような気がする。なにも言えずに黙っていると、とあるスタッフが「はい」と私たちの視線を集めるために片手を上げた。

「わ、私も長沢さんがいいと思っていました。集中力も高いし、私たちのなかで一番仕事も速いし」

「それに長沢さんっていつも冷静だし取り乱しているところを見たことがないから、きっと氷上さんに厳しいことを言われてもなんとも思わなさそうというか」

一人が話し始めるとそれに次ぐようにもう一人が私のことを薦める。このあいだランドリールームで私のことが怖いと愚痴を溢していた子たちだ。彼女たちの言葉に

「そんなことない！」と必死に首を横に振る。私だって氷上さんのように怖い男性は苦手だし、顔に出ないだけで怒られたら当たり前に凹んだりする。きっとコンプレックスのせいで感情がない人間だと思われているのではないだろうか。それか自分たちにリーダーを任されるのが嫌で、このまま私を選出させようとしているのかもしれない。

「長沢さんはどう？　あなたの仕事ぶりを評価しているのだけど」

だけど舞木さんのような頼りになる先輩に評価していただいていることはとても光栄なことだった。私が普段から高い意識を持って仕事に励んでいたことを彼女はちゃんと見ていてくれたのだ。研修に参加すればハウスキーパーとして大きく成長できることは間違いないだろう。

もしかしたら私が変わるいい機会になるかもしれない。

「……分かりました。やります」

気持ちを落ち着かせ、声が震えないように気丈に振る舞いながらそう伝えると自然と周りから拍手が送られた。やると決めたのは自分だけど、こんなにもうれしく思えない拍手を受けるのは人生で初めてだった。

しかし選ばれたからにはハウスキーパーの代表として恥ずかしい真似はできない。

らおう。
選んでくれた舞木さんのためにも、今できることを精一杯やって氷上さんに認めても

時間が経過し、各職種の代表が出揃うとそれ以外のスタッフが解散となった。代表に選ばれた人たちが顔合わせのために氷上さんの元へと向かう。私と同世代のスタッフが多いことが唯一の救いだった。

「改めて、氷上だ。先ほどは話になかったが、この若手リーダー研修に参加したスタッフには昇給のチャンスが与えられている。そのことを念頭に置いて参加してくれるとうれしい」

特別な待遇が受けられると聞き、代表者たちに少しの安堵が生まれる。研修に参加するだけじゃなくて、その先の道も示されている。向上心の高いスタッフであれば喜ばしいはず。それぞれが彼から資料の紙を受け取っているなか、ついに私の番がやってきた。

できれば氷上さんが私の顔を覚えていませんように。そんな祈りは彼の口から発せられた言葉によって打ち砕かれた。

「君はハウスキーパーの……」

彼の瞳が私を捉えた瞬間、二人のあいだに沈黙が流れた。私が昨晩の女だというこ

とに気が付いて呆れた表情になる氷上さんの姿。悪い意味で印象に残っているだろう私のことを彼はしっかりと覚えていた。

「……まさかこのホテルのスタッフだったとはな」

その刺々しい口調に研修に向けてのやる気が一気に削がれていく。私、新しい支配人の前であんな失態をおかしてしまっていたのか。これはもう彼が言うスタッフのレベルの低さ云々の話ではない。

彼から注がれる冷たい視線に心を折られながらも差し出されている資料を受け取った。

「特に優秀なスタッフを、と話したはずだったが」

「それは……」

「まあいい。君の実力は今回の研修で確認させてもらう。昨日のような失敗はしないように」

「……はい」

昨晩のことを知っている彼なら私のことを不安に思うのは当たり前だ。評価はマイナスからのスタート。だけどこれをバネにして成長した姿を氷上さんに認めてもらいたい。

「早速だが明日から研修に入ってもらう。それぞれの課題は資料に書かれているので目を通しておいてほしい。ああ言ったがあまり気負わず参加してくれ。それではよろしく頼む」

氷上さんの言葉に「はい」と揃えて返事をする。こうして、私の新しい生活が幕を開けた。


氷上さんの噂はすぐさまホテルの従業員に広まった。彼はフルールグループの血を継いだ氷上財閥の御曹司であり、三十二歳独身。本社があるフランスでの勤務経験もあり、日本に帰国してからは同じ系列のホテルで支配人として活躍、どのホテルでも業績を上げてきたエリート中のエリート。だけどどれも流れてきた噂ばかりで本当のことかは分からない。

氷上さんは厳格な人で常に厳しく従業員のことを審査している。そのためか女性が多いハウスキーパーのなかでは彼を恐れている人も少なくはない。私もその一人である。彼を目の前にすると萎縮してしまい、いつも以上に言葉を話せなくなってしまうのだ。

それでも研修の時間は無慈悲にも訪れた。普段通りお客様のチェックアウト後の客室清掃を行う。お客様と関わりが少ない私たちによる最大のおもてなしは綺麗なお部屋で気持ちよく過ごしていただくことだ。

「遊、今日から研修だよね。大丈夫？」

昼食後、研修に向かうために準備をしていると香苗が心配そうに声をかけてきてくれた。

「氷上さんと二人きりなんだよね。緊張しない？」

「緊張、か……」

確かに顔を合わせただけであんなにも威圧感があったのに、二人きりになったら息が詰まりそうだ。初めて会ったときのことを思い出し、私は胃をキリキリさせた。そういえば私、あのときのことをまだ謝れていないな。昨日はそんな空気ではなかったし、今日研修で会ったときに改めて謝罪させてもらおう。

香苗には「大丈夫だよ」とだけ返事し、私は氷上さんに指示された研修が行われる場所へと向かう。

「お疲れ、時間通りだな」

氷上さんの指示で訪れたのは使われていない客室のうちの一つだった。その部屋は今日の予約が入っていないからか、お客様が帰ったときのまま、まだ清掃もされてい

は想像以上だ。このホテルで働きたいと考えたときに私の性格ではお客様の前に立つ仕事は難しいと考えた。そんなときに見つけたのがハウスキーパーの仕事だった。客室清掃であればお客様と顔を合わせることなく、ホテルに貢献することができる。それはほかの人から見たら自分の苦手なことから逃げているだけだと思われるかもしれない。だけど私にはその道しかなかったから、今ハウスキーパーとしてこの場所に立っていることに後悔はしていない。

「実際にハウスキーパーは裏方の仕事で人前に立つ機会は少ない。君自身が苦手分野を理解してこの仕事に就いたのは理解ができる。だがこれはリーダー研修だ。君の場合、人の上に立つのは向いていないと思うが」

氷上さんの言葉を聞いて反論の余地もなかった。彼の言っていることは正論で、私はこの研修のことを甘く受け止めていたことを実感した。どれだけ仕事ができたとしても、人とコミュニケーションを取れなければリーダーとして人の前に立つのは困難だ。分かっていたつもりで、なにも理解できていなかった。

手に持っていたメモ帳を強く握り締める。顔に出ない分、自分に対する嫌悪感と悔しさが手から溢れ出してしまう。

「一つ聞いておきたい。君は今、どのような意志を持ってここにいる？」

「君がこのホテルで働く意義はなんだ？」

「意志……」

彼に真剣な瞳で見つめられ、返す言葉が見つからずに黙り込んでしまった。私がこのホテルで働く『意義』。答えは自身のなかにあるはずなのに、それを他人に伝えようとした途端、喉になにかが詰まったように息苦しくなった。

昔から私は自分の意見を他人に伝えることが苦手だった。自分の言葉を否定されたり、なにか間違ったことを言ってしまったら……。そう考えるたびに言葉に詰まって黙り込んでしまった。その結果、悩んでいるうちに「もういい」と相手に愛想を尽かされてしまい強制的に会話が終わる。それが繰り返されるうちに私は私のことが嫌いになった。

「黙っているということはなにもないということか？　この際、どのような理由でも俺は君が言ったことを否定しない。だから教えてほしい、君がこのホテルで働きたいという理由を」

まるで面接のような圧迫感にさらには呼吸まで苦しくなってきた。このままなにも言えず、なんの目的もなくこのホテルで働いていると彼に勘違いされてしまうのだけは絶対に嫌だった。だって私はこのホテルで働く意義を誰よりも持っている自信があるから。

深く息を吐き出し、静かに呼吸を落ち着かせる。すると徐々に頭のなかがクリアになって、次々に文章が構築されていった。ゆっくり目線を持ち上げると再度氷上さんと視線が交わった。気のせいでなければ彼は先ほどから一度も私から目を離していない。

「ゆっくりでいい、聞かせてくれ」

この人は、私の話を聞こうとする意志を持ってくれている。睦月や香苗と一緒で、時間がかかっても最後まで私が話し出すのを待っていてくれた。今思えば初めて会ったあの夜もそうだった。見た目で勝手に怖い人だと思っていたけれど、彼が優しい人であることを彼の名前を知る前から私は知っている。

この人になら、そんな今までにない思いが胸に湧き上がる。私はその気持ちに素直になって、胸に手を当てながらゆっくりと言葉を吐き出した。

「……このホテルは、亡くなった両親とよく泊まりにきたホテルなんです」

「亡くなった？」

「はい、小学生のときに」

小学生のころ、両親が交通事故で亡くなり、それ以来私は親戚の家に預けられた。

三人家族だった私たちは誕生日や両親の結婚記念日など、特別な日はみんなでよく旅行に来ていた。そのときはフルールロイヤルホテルに宿泊し、最上階のレストランでお祝いするのが定番だった。私の誕生日なんかは二人がホテルの人とサプライズを準備して、子供だった私のことを喜ばせてくれた。

ここには私と両親の思い出がたくさん残っている。だから二人が交通事故で亡くなったとき、自然とこのホテルのことを思い出していた。『天国に一番近いホテル』と呼ばれているここなら、天国にいる両親に一番近くで見守られながら働けるのではないかと思った。

そして楽しかった思い出をくれたこのホテルに恩返しができたら。それが私のここで働く意義だった。

「だから私はこのホテルの面接を受けたんです。このホテル以外は考えられませんでした」

言葉を噛み締めるようにして両親との思い出、そしてここで働きたいと思う理由を吐き出した。改めて声に出して自分に言い聞かせる。コンプレックスを理由に逃げてはいけないと。このホテルでもっとたくさんの人を喜ばせられるように、私も成長していかなければいけないのだ。

「……君の気持ちは分かった。最後に一つ確認したい。その苦手分野をなくす努力を君はできるか？」

氷上さんからそう投げかけられる前に、私の気持ちは新たなる目標に向かって定まっていた。

「はい、頑張ります。なので研修を続けさせてください」

「……分かった。君の通常業務の仕事ぶりは申し分ない。キャリアアップすることを前提に、リーダーとして必要になることを身につけられるように研修を進めていこう」

もしかして氷上さんは研修を受けている一人一人の思いや境遇を聞いて、それぞれに合った研修内容を組もうとしているのだろうか。どうすればその人が一番に成長できるのか、それを見定める能力に長けているのかもしれない。

彼と一対一で話してみて思うことは、氷上さんは今まで出会ったことのないタイプの人間だ。寡黙で厳しい人だけど、人のことをよく見ているからその分相手よりもその人の人間性を理解している。私が人と話すことが苦手で、感情が表に出ないことへのコンプレックスを持っていることを知って、私が話し出すまで黙って待っていてくれた。

まだ彼の放つ威圧感を前にすると思わず黙り込んでしまうけれど、少しだけ氷上さんに興味が湧いた。

(優しいのか厳しいのか、分からない人だな……)

だけどもう苦手だとは思わなくなった。


氷上さんのおかげで研修に対して前向きな気持ちになれた翌日、仕事が休みだった私は睦月から連絡を受け、夜に『カルペ・ディエム』を訪れていた。休みの日にも仕事場を訪れるなんて、自分が思っているよりもこのホテルのことが大好きで仕方がないようだ。

「遊ちゃんいらっしゃい。急に新作の試飲頼んじゃってごめんね」

「ううん、私も相談したいことがあったし」

睦月はよくカクテルの新作を創作しては私に試飲をお願いする。私も彼が作るカクテルはどれも好きだから喜んで参加している。私が試し飲みをしたカクテルが実際に商品化したこともあった。

カウンターの席についた私に早速睦月が新作カクテルを用意してくれる。目の前に運ばれてきたのはエメラルドグリーンの色をしたカクテルだった。

「綺麗、宝石みたいな色……」

「ミントリキュールを使ってみたくってさ。グラスホッパーに近いんだけど、カカオの代わりに合うものがないか探してみたんだ」

「あれ、でも確か睦月って……」

「そう、ミント苦手でさ。一応自分でも飲んでみたんだけど、おいしいのか分からなくて困ってたんだ」

だから遊ちゃんにお願いできないかって、と彼ははにかむように笑った。そんな甘い顔で頼みごとをされて断る女性がこの世のなかにいるのだろうか。もちろん、とカクテルを口に含むと先にミントの風味が口のなかに広がったあと、果物の甘みが舌にまとわりついた。

「さくらんぼの味がする……」

「そう、よく分かったね。意外と相性がいいかもって」

「うん、おいしい」

「よかったー。じゃあ自信持って次回の新作コンペに出品できそうだな」

前回の失敗を踏まえ、飲むペースはゆっくりにして彼のカクテルを味わう。すると睦月が「そういえばさ」と思い出したように話題を切り出す。

「遊ちゃんのところに新しい支配人が来たんだってね。どういう人？」

「っ……」

「え、なに。その人になにか嫌なことでも言われた？」

まさか睦月から氷上さんのことを尋ねられると思っておらず、その質問に戸惑ってしまった。しかし睦月は一度氷上さんと顔を合わせているし、あのときの男性が氷上さんだと知っていた方がいいと思い、私は先日助けてもらった男性の正体について話した。

「え、あの人が氷上さんだったの？　もっと年配の人かと思っていたけど。それに氷上ってまさか氷上財閥の？」

「噂ではそう言われてるけど」

まだ確証はないが、彼が放っている圧倒的なオーラを目の当たりにすると自然と信じてしまいたくなる。

そう考えていると睦月が「遊ちゃんの話は？」と声をかけてくれる。そうだった、睦月から連絡が来たタイミングで「相談したいことがある」と彼に伝えていたんだった。

昨日の研修を経て、本気でコンプレックスを克服したいと思った。そのときに思い浮かんだのが睦月の顔だった。バーテンダーとして人とのコミュニケーションに長けている彼からアドバイスをもらおうと思ったのだ。

私はリーダー研修に参加することになった経緯を話す。すると最初は意外そうにしていた彼も「遊ちゃんならできるよ」と応援してくれた。

「それにしても俺のイメージだと氷上さんって結構厳しそうだと思っていたんだけど大丈夫だった?」

「確かにちょっと話しづらい人ではあったけれど、一緒に仕事をする分には大丈夫だよ」

それに私も最初のころは彼のことを怖がっていたけれど、その必要のない人だということは昨日分かったから。氷上さんに家族の話をしたことは口にしづらかったのでそのことは伏せて、研修を経てキャリアアップを目指すためにどうにかコンプレックスを克服することはできないかと相談する。私と違い誰とでも仲良くなれる睦月ならきっと的確なアドバイスをしてくれるはず。

しかし予想に反して睦月は私の話を聞いた途端、その表情を曇らせた。

「そっか、遊ちゃんが……今後のことを考えるとコンプレックスは直した方がいいのは確かだけど」

「睦月?」

「無理してない? 遊ちゃんが努力家なのは知っているけど、焦る必要はないんじゃないかな」

無理をしているつもりはなかったが、睦月からはそう見えたのかもしれない。私が考えていたことは彼からすると相当難しいことのようだ。だけど心のどこかで睦月は私の応援をしてくれると思っていたから、彼の煮え切らない反応には少しだけ戸惑いを覚える。

両親が亡くなってから一人になった私を親戚たちが引き取ることを躊躇い、様々な家をたらい回しにされた。そうして辿り着いたのは橘家、睦月の家だった。新しい家に馴染めずに家のなかでも一人でいた私に積極的に話しかけてくれた睦月。そんな彼にだけ私も次第に心を開き、対等に話すことができるようになった。だけどそれは睦月が特別なだけで、ほかの人とは緊張で話すこともままならなかった。幼いころに両親を亡くし、親戚中から拒み続けられた経験が今でもあとを引いて、簡単に他人に心を開くことはなくなっていた。

友達も作れず対人関係で困っていた私のことを近くで見ていたのも睦月だ。そんな彼なら私のコンプレックスへの気持ちを分かってくれていると思い込んでいた。

「だけど遊ちゃんがそう言うなら俺も力になるよ。俺にできることがあったらなんでも言って？」

睦月の言葉が気がかりではあるが、そう明るい表情で言ってくれた彼にひとまず安心する。だけど明確に克服する手立ては見つけられなかった。私が努力するしかないのだけど、完全に克服するためにはこうなってしまった原因から掘り下げる必要がありそうだ。

私が人と接することが苦手になった理由。苦い過去がありすぎて家族との楽しい思い出以外の昔のことを思い返さないようにしていたからか、曖昧な記憶しか残っていない。

睦月がほかのお客さんの接客をしているあいだ、一人カクテルを片手に頭を悩ませていると視界の端のカウンター席に男女二人が座るのが見えた。平日だがここのバーはいつでも人気だなと一瞬だけその二人に目を向ける。しかし目に入った男性の横顔に思わず顔をカウンターに伏せた。

（え、なんでここに……）

私から近い方の席に座っている男性は私服姿の氷上さんだった。まさかと思って再度確認するが、やはり座っているのは氷上さんであり、彼は隣の女性が開いているメニュー表を静かに眺めていた。相手の女性は……恋人だろうか。

「遊ちゃんお待たせ～。次のカクテル作っていい？」

「む、睦月ちょっと！」

「え？」

お客さんの対応を終えて私の元へ戻ってきた睦月に声を潜めて呼びかける。どうしたの、と顔を近づける彼に視線だけで意図を伝える。するとようやく睦月も氷上さんの存在に気付いたようだ。

「あれってもしかして氷上さん？　隣の人は……」

「か、彼女さんだと思う……」

「仕事……っぽくはないよね。プライベートかな。なんか意外だな」

あんなことがあったのにまたこのお店で飲んでいると知られたら、まだあのときのことも謝れていないのに確実に軽蔑されてしまう。向こうから顔が見えないように、私はテーブルにあったメニュー表で自分の顔を覆い隠した。

注文をし終えた二人が和やかな空気のなか会話を続けている。氷上さんの表情は普段と変わりないけれど、いつものスーツ姿ではなく前髪も下ろしており、仕事での彼の姿しか知らない人が見たら彼だと気付くのは難しいだろう。女性の方は氷上さんと歳は同じくらいで、明るい笑い声が私の席にまで届いていた。顔は氷上さんの影になっていてはっきりとは見えない。

もしかして氷上さんもこのお店の常連だったりするのだろうか。それも彼女さんを連れてくるほどに気に入っているということ？

（って、私が気にすることじゃないよね……）

氷上さんはただの上司だ。彼がプライベートで誰と付き合っていて、なにをして過ごしていようが私には関係のないこと。だけど二人の邪魔になる前に私はこの場を離れた方がいいかもしれない。

「睦月ごめん、今日は帰った方がいいかも。せっかく誘ってくれたのに本当にごめん！」

「うん、そうだね。送っていけないけど大丈夫？」

「大丈夫、ありがとう」

カウンターでお会計を済ますと帰るタイミングを見計らう。丁度よく女性がお手洗いで席を外したのを見て、私もそっと腰を上げた。多分まだ私の存在には気が付いていないと思うから、そっといなくなれば見つからないはずだ。仕事中の睦月に口だけでお礼を言い、その場を離れようと氷上さんの後ろを横切った。

そのときだった。

「上司に挨拶もないとは、呆れたやつだな」

冷酷で温度のない声がすぐ横から降りかかってきた。

「え……」

恐る恐る顔を横に向けるとこちらを振り返っている氷上さんの目がしっかりと私の姿を捉えていた。まさか、同じカウンターテーブルの端にいた私に気付いていたのだろうか。無表情のまま冷や汗を流した私は数秒後、観念して彼と向き合うようにして立った。

「ひ、氷上さん……いらっしゃったんですね」

「ここで会うのは二回目か。てっきりあの件があってから、君はアルコールを摂取するのをやめたのだと思っていたんだが」

「それは……」

睦月に頼まれて、なんて言い訳がここで通用しないことも分かっていた。私は素直に非を認めると「すみません」と彼に向かって頭を上げげた。

「いや、気を付けろと言っただけで君がどうするかなんて関係のない俺が口出しするのもおかしいな。今言ったことは気にしないでくれ。君がプライベートでなにをしていようが俺には関係のないことだからな」

「え、はい……」

「……」

えっと、この空気はいったいどうしたらいいのか。立ち去っていいのか迷っていると背後から「あれー？」と高いトーンの声が聞こえた。

「正臣《まさおみ》が若い女の子に絡まれてるー。あなた、どちら様？」

「あ……」

もたもたしているあいだに氷上さんと一緒に来ていた女性がお手洗いから戻ってきてしまった。彼女は氷上さんと私を交互に見ては不思議そうに首を傾げている。

完全に逃げ遅れてしまった私を見て頭を抱える睦月の姿が視界の端に映り込んだ。

第二章　あの日、傍にいてくれたあなたへ

プライベートで訪れたホテルのバーで恋人らしき女性と一緒にいる上司を目撃してしまった。その上司とは特別仲良くもなく、鉢合わせたバーも前にいろいろあった場所だとなるとその気まずさも伝わるだろう。

「正臣が若い女の子に絡まれてるー。あなた、どちら様?」

バーから逃げようとしていたのが氷上さんに見つかり、言及を受けていたところに彼女さんが席に戻ってきてしまう。彼女は私と氷上さんの顔を交互に見つめ、その関係を怪しんでいるように見えた。怪しまれる関係ではないのだが、上司とその恋人さんに囲まれた私はなぜか修羅場のような絶望感を味わっている。

すると突然彼女が声を上げて笑い出し、氷上さんの肩を強く叩き始めた。

「ちょっとー、なに一丁前にナンパされちゃってるの。やるじゃーん」

「な、ナンパ……」

私が氷上さんをナンパするなんて恐れ多すぎる。だけど私と氷上さんが一緒にいたことについては怒っていないみたいだ。彼の肩を小突いている彼女を見て、あの氷上

さんにこんなに気軽に絡むことのできる女性がいることに驚いた。カクテルを選んでいる様子も親しそうに見えていたので、彼女が氷上さんの恋人であることは間違いがなさそうだ。

そんなことを考えているよりも、先に私が氷上さんをナンパしたという誤解をとにかく解かなければ。

「ち、違いま」

「違う、彼女は俺の部下だ。今たまたま会っただけで君が思っているようなことは起こっていない」

私がそう否定しきる前に氷上さんの低い声がそれを遮った。

「部下？　じゃあこのホテルの従業員ってこと？」

「あぁ、ハウスキーパーだ」

氷上さんの紹介に目を丸くする女性。私も同様に氷上さんが紹介してくれたことに対して驚いていたが、ハッと我に返ると完全に誤解を解くために勇気を出して恋人さんに話しかけた。

「長沢遊と言います。氷上さんの元で働かせていただいています」

「……そう、ここの従業員だったの。なんだ、正臣の面白いところを見られたと思ったのに」

「なんで残念そうにしているんだ、君は」

私の素性が分かった途端につまらなそうに唇を尖らせる女性。ショートカットではつらつとした笑顔を浮かべる彼女からは快活な性格であるということが伝わってきた。だけど彼女の笑顔を見ていると、どこかで似たような顔を見たことがある気がしてきた。私と彼女は初対面のはずだけど。

あの氷上さんを面白がるなんて、そのことについて氷上さんも呆れているだけで怒っている様子ではないところを見ると、からかわれていても嫌ではないのだろう。こんな氷上さんを見るのは初めてだ。と言っても私は氷上さんのことをよく知っているわけではないが。そんな二人のやりとりをぼんやりと眺めていた私はそっと後ろに下がった。微笑ましい様子なのに少しだけ胸がざわつく。

「あの、帰ります。お邪魔しました」

「一人で来たのか？」

「はい、ではお疲れ様でした」

淡々と業務連絡のように告げて無理やり二人から視線を逸らすようにして背中を向けるとバーの出口へと駆け出した。お店を出る瞬間、もう一度視線を向けるとなにやら二人が話し込んでいるのが見えた。きっと彼女さんは私たちスタッフが知らないような氷上さんの一面をたくさん知っているのだろう。私もそんな一面を見せられる人とこの先出会うことができるのかな。睦月は家族のようなものだし、数には入れないとして。

（人とまともに話すこともできない私が誰かを好きになってみたいなんて、烏滸がましいよね……）

二人のことを見て胸がざわついたのはきっとその関係が羨ましいと感じてしまったから。羨望の眼差しに気付かれたくなかったからだ。

研修期間、氷上さんから与えられた課題の一つに報告書の提出がある。一日の清掃業務の報告を記入し、もし問題などがあればそれも一緒に氷上さんに伝える。報告書をまとめるためにはほかのスタッフからも話を聞かなければならない。

「今日？　今日はなにもなかったよ、いつも通り」

「それって例のリーダー研修の？　研修以外にこういうのもやらないとだめなんだ～。長沢さん大変だね」

「ごめんね、なんか押し付けたみたいになっちゃって」

報告書のためにお昼休みに休憩している同僚たちに話を聞いていると、彼女たちは私を憐れむような表情を浮かべていた。確かに端から見たら面倒くさく感じるこんな仕事を普通ならしたいとは思わないだろう。私も最初はそう思っていたけれど、目標を見つけたからには頑張らなければ。

本日の報告書をまとめた私は今の時刻を確認する。午後の業務が始まる前に氷上さんに渡したい。氷上さんも休憩中だと渡しやすいが、彼が休憩している姿を見たことはない。

まだ時間があるため探しに行こうと足を動かしたが昨日のことを思い出して踏みとどまる。昨日の今日でいったいどんな顔で会えばいいのだろう。偶然にも氷上さんのプライベートを覗いてしまって、彼女さんとのデートの邪魔もしてしまった。正直言うと気まずいのだ。

(でもそう思っているのは私だけかもしれない……)

氷上さんは私のことなんて全く気にしていない可能性もある。むしろプライベートのことを仕事にまで引っ張ってしまっていることに怒りそうだ。そう自分に言い聞かせると早足で氷上さんの元へと向かった。

彼を探してバックルームを歩いていると丁度スタッフと話し終わった氷上さんの姿を見つけた。彼は私の存在に気が付くと手に持っていた書類を見て、「ああ」と思い出したように呟く。

「お疲れ、わざわざ探しに来たのか」

「は、はい！」

仕事だと思えば氷上さんと向き合って話すことにもあまり緊張しなくなった。氷上さんに今日の業務内容について報告をする。お客様の忘れ物があった部屋番号やスタッフの連携についての問題点など、私の見解も交えたものを伝えた。

彼が報告書の内容に目を通している姿を隣から眺める。横から見るとその鼻の高さに目が行く。整った顔は睦月で見慣れているつもりだったが、どうやら氷上さんは例外らしい。女性スタッフたちからは怖いと評判の彼だが、見た目だけは目の保養と話されているのを耳にしたことがある。だけど彼は顔だけでなく、中身もいい人だと周りに知られてほしいと願うのは私の勝手だろうか。

「抜けはないな。ありがとう、これは預かっておく」

「は、はい。あと、ちょっと……」

「なんだ？」

氷上さんがこちらを向いたため目が合ってしまった。咄嗟に視線を逸らし、緊張で激しく脈を打つ胸元を右手で押さえた。周りに人がいないことを確認し、私は薄く唇を開く。

「昨日はすみませんでした……プライベートをお邪魔してしまって」

「ああ、そのことか。特に気にしていない」

今ここで謝るつもりはなかったけれど、彼の顔を見ていると自然と口から謝罪の言葉が飛び出した。出会ってからというもの、私は彼のプライベートを邪魔しがちだと思う。

しかし氷上さんは特に気にもしていない様子で、私は拍子抜けをしてしまった。

「俺は邪魔をされたとは思っていないし、むしろ悪かったな。君もプライベートだっただろう」

「私は一人だったので」

「……君はいつもあそこに一人で行っているのか？」

「え……」

まさかの質問返しに一瞬戸惑う。他人に興味がなさそうな氷上さんが私に質問を投げかけてきた？

「は、はい。バーで知り合いが働いていて……」

「知り合い、というのは君が話していたバーテンダーか。そういえば倒れた君を運んだときも彼が駆けつけてきたな」

そうです、と返事をするとしばらく彼は黙ったあと、なにごともなかったかのように「そうか」と手元の書類を持ち上げてみせた。

「分かった。報告ご苦労。戻っていいぞ」

「お、お疲れ様です……？」

氷上さんはそう告げると私に背を向けて歩き出し、数歩歩いたところで別の従業員に引き留められていた。相変わらず忙しそうだなと思いつつも、先ほどの質問はいったいなんだったんだろうと頭を捻る。氷上さん、こちらを見ている様子はなかったように思えたけれど、私が睦月と話していたところも見ていたんだ。

単純な疑問で深い意味はなかったのかもしれない。そう納得したところで廊下の奥から走ってきたフロントの業務を担当している男性が私を見つけるなり、「見つけた」と声を上げる。

「よかった、君ハウスキーパーの人だよね？　フロントに部屋に忘れ物をしたってお客様が尋ねてきていて。それで事務所に連絡を入れたんだけど誰も出なくて困ってたんだ」

「分かりました。部屋番号と忘れ物の内容を教えてください」

男性の話を聞いて仕事モードに気持ちを切り替えると私はお客様の忘れ物を取りに事務所へと戻った。チェックアウトされたお客様の忘れ物はホテルで厳重に保存する必要がある。お客様にご連絡を入れ、宅配で自宅まで送るという処置を取るのだ。しかし稀に忘れ物に気付き、直接ホテルにまで戻ってくるお客様もいる。

私はお客様の忘れ物の腕時計を取りに戻るとフロントへと向かった。すると急いでいたせいか、角を曲がる際にスタッフの女性と肩がぶつかってしまった。

「す、すみません」

「いえ、こちらこそ……って、あ。それ持ってきてくれたの？」

え、と顔を上げてぶつかった女性の顔を見て固まる。それは相手も同じだったようだ。

「あれ、あなた昨日バーにいた……」

そこに立っていたのはホテルの制服に身を包んでいる、昨日氷上さんと一緒にいた女性だった。ここは従業員しか入れない場所のはず。それにその服も……。

「今は無駄話している場合じゃないわ。忘れ物預かるわね」

「あ、はい……」

私が手にしていた腕時計を受け取ると彼女は「あとでね」と微笑み、フロントへ出ていった。袖から彼女がお客様への対応をしているのを見つめる。彼女を初めて見たとき、どこかで見たことがあると思ったのは彼女もここで働くスタッフだったからなのか。

(それに制服の胸についているあの金のプレートは……)

ホテルコンシェルジュ。宿泊しているゲストの様々なリクエストに応える、いわばサービスのプロフェッショナルだ。先ほどのような客室の忘れ物を引き渡す仕事のほかに、レストランの予約や交通機関の手配などの基本的な業務、さらには海外からのお客様に観光コースを提案したり記念日のサプライズの手伝いをしたりなど、サービスの幅がとてつもなく広い。お客様のすべてのリクエストに応えるためには普段からあらゆる情報に通じ、幅広いコネクションを持っていなくてはいけない。ホテルの職種のなかでも特に優れたスタッフが配属されている。

彼女が胸元につけている金色のプレート、それはチーフスタッフのみに渡されるものだ。プロフェッショナルが集まっているなかでもそれらを束ねるチーフコンシェルジュの彼女は支配人ですら頼りにするスタッフだということが分かる。

あまりフロントに立つスタッフと話す機会がなかったのと、プライベートでは仕事の雰囲気を出していなかったので初め見たときは気が付かなかった。

お客様への対応が終わるとこちらへ戻ってきた彼女に私は姿勢を正した。

「ありがとう、助かった。まさかあなたが持ってきてくれるなんてね」

「あの、すみませんでした。私昨日気が付けなくて」

「え、気にしないでよ。私だって正臣に紹介してもらうまでここのスタッフだって気が付けなかったし」

従業員の人数も多いんだしそういうものよ、とあっけらかんとした彼女の態度に私の緊張もほぐれた。彼女は自分の胸元に手を当てると「じゃあ改めて」と私に向けて自己紹介を始める。

「このホテルのチーフコンシェルジュの涼宮《すずみや》世利《せり》です。もし今後また仕事する機会があったらよろしくね」

「あ、ありがとうございます。ハウスキーパーの長沢遊です」

「昨日正臣に話聞いたよ。リーダー研修受けているんだってね。頑張って？」

涼宮さんの言葉にぎこちなく返事をすると突然彼女が私に顔を近づけてきた。彼女の大きな瞳に凝視され、あまりの近さに戸惑っていると涼宮さんは不思議そうに首を傾げた。

「もしかして緊張してる？」

「え？」

「ずっと顔が怖いから。私って嫌われていたりするのかな？」

涼宮さんの言葉に自分の顔に手を当てる。想像以上に表情筋が硬く固まっているのが分かり、彼女が怖い顔だと言うのも納得がいく。裏でこそこそ言われることには慣れていたが、面と向かってそう言われることは初めてで驚いた。予想外なことを言われたからか、不意に緊張が込み上げてくる。

「き、緊張で……」

「なんだ～、吃驚した。嫌われているんじゃなくてよかったわ～」

思わず声が上ずってしまった私の態度に怒るでもなく、安心したように笑う彼女に気持ちが落ち着いた。話し方がさっぱりとしていて、笑った顔がはつらつとしており、コンシェルジュだけあって自然と好感を持てる女性だ。

私もできるのであれば、涼宮さんのような女性を目指したいと思った。

「大丈夫、そういうこともあるよね。ほら、正臣だっていつも怖い顔しかしていないし、私そういうの慣れているから」

「氷上さんも……？」

「そうそう、昔からああいう感じなの。堅物というか、とにかく周りに勘違いされやすくて」

昔から、ということは氷上さんと涼宮さんはこのホテルで働く前から知り合いなのかもしれない。彼女の言葉の端々からは氷上さんのことを深くまで理解していることがよく分かる。氷上さんも私同様に、少し感情が分かりにくいところがあって、私の周りの従業員の女の子たちは特に彼のことをただ怖い人だと思っている。私にとっての睦月のように、それでも気持ちを理解してくれる人が氷上さんにもいるということだ。

「それにしてもあなたが……」

そう言って私の顔を凝視してくる涼宮さんに怖気づく。彼女は「なるほどね」となにかに納得すると顔を離した。

「また機会があればゆっくり話しましょう？　ハウスキーパーの知り合いはいないからちょっと気になるわ」

「え、でも……」

「ほら、せっかくこうやって知り合えたんだし、ね？」

私となんて話してても楽しくないと思うけど。だけど涼宮さんの笑顔を見ていると断りづらく、私は静かに頷いてみせた。氷上さんの彼女さんとなにについて話せばいいのだろう。

「ふふ、面白くなってきた……」

最後にそう呟いた彼女にこれからいったいなにが起こるのだろうかと不安になるのだった。

事件はそれから数週間後に起こった。

私は普段通りチェックアウトされたあとの客室の清掃を済ませ、報告書をまとめると香苗と休憩所のテラスで昼食をともにしていた。

「それにしても遊、通常業務に研修も合わさって大変なのに、どれも完璧にこなすんだもん。尊敬しちゃうよ」

仕事の合間、ほかのスタッフに仕事を変わってもらいながらも氷上さんのリーダー研修に参加している。実務試験のほかにビデオ研修、ほかの部門の代表たちとのディスカッションなど内容は様々だが、私自身専門学校を卒業してから座学を経験するのは久しぶりで新鮮だ。ディスカッションは……まだ一度もいい結果を残せていないけれど。

「だけど最近の遊はいつにも増して頼りがいがあるというか、リーダーって感じがしてきていると思うよ！」

「ほ、本当に？」

「うん、みんなの前での発言は多くないけど、でもその分人の話を聞くのは上手だし。あと遊って本当にお手本になるくらい清掃得意だから、見ているだけで私も頑張ろうって思うの」

香苗はプラスチックのフォークでサラダのブロッコリーを刺して、力説するたびにそれを振るためブロッコリーが飛んでいかないか心配になる。しかし一番近くで見てくれている彼女にそう言われると私も徐々に自信を持つことができた。

「ありがとう、うれしい」

「……ねえ、それ本当にうれしいと思っている顔？」

「い、一応」

「ふーん、まあいいや。よかった、喜んでもらえて！」

笑顔はまだまだ練習が必要そうだ。表情筋を柔らかくする体操は毎晩行っているのだが、それ以外になにをしたら効果が出るんだろうか。

コンプレックスの克服方法について悩みながらも昼食を済ませると私たちの元に慌てた様子の同僚が駆け寄ってきた。

「よかった、長沢さんいた！」

「……どうかしましたか？」

「突然ごめんね。今日担当した客室ってお客様の忘れ物あったかな？」

様子がおかしい彼女の質問に私と香苗はお互いの顔を見合わせる。今日の客室の清掃は香苗と担当する部屋を回っていた。確か今日はどの部屋にも忘れ物はなかったように思う。

しかし事実を告げると、彼女はますます顔を真っ青に染めた。

「事務室にいたときフロントから連絡があって。なんか慌ててたみたいだし、二人とも早く向かった方がいいかも」

私たちは彼女の言葉に急いで片付けを済ませるとフロントへと向かった。

私たち二人がフロントに着いたとき、そこには若いフロントスタッフと涼宮さん、それに氷上さんまでもがおり、ただごとではない空気を感じた。視線が私たちに集まり、緊張感が高まるなか、最初に口を開いたのは彼らの奥に見えた眼鏡をかけた女性だった。

「彼女たちが客室の清掃を？　それで私の指輪は？」

「指輪？」

もしかしてこの人が客室に忘れ物をしたというお客様だろうか。しかし私たちが担当した部屋に忘れ物はなかったはずだ。しかし氷上さんまで集まっているということは重大な問題があったということだろうか。

「長沢、七〇五号室に指輪の忘れ物はあったか？」

「いえ、なかったと思います」

「嘘よ！　それじゃあどうして指輪がなくなってるの？」

そうヒステリックな声を上げた女性に周りが騒然とする。固まっていると涼宮さんが私の元に寄ってきて、今の状況を耳打ちする。

「この方は木村《きむら》様。昨日ここのホテルに泊まったんだけど、チェックアウトしたあと観光中に結婚指輪がなくなっていることに気付いて……指輪の忘れ物は届いていないと話しても信じてくれなくて……」

少し気が立っているみたいでね、と説明してくれたが、様子を見るに少しどころの話ではなさそうだ。苛立ちを隠せずにいる木村様は私たちのことを目の敵にしているような目で見つめていた。氷上さんは私たちの盾になるように彼女の前に立つと説得するように口を開く。

「このたびはご迷惑をおかけして大変申し訳ございません。今一度指輪を探させていただきますので、見つかり次第ご連絡を差し上げます」

そう言って木村様に向かって深く頭を下げた氷上さんの姿を見て私たちも慌てて頭を下げ謝罪する。しかし今一番大事なのはお客様の指輪の行方だ。客室に忘れていないということは、それ以外の場所にあるということだろうか。

氷上さん越しに私と香苗を見た木村様は「探す、ね」と低く呟く。

「そんなこと言って、本当はこの子たちが盗んだんじゃないの？」

疑いの目を向けてくる彼女に開いた口が塞がらなくなる。

「私たちはそんなことしません！」

反発するように声を上げた香苗を近くにいた涼宮さんが落ち着かせる。しかし彼女がそう言い返したくなる気持ちも分からなくもなかった。今の木村様の言葉は、このホテルで働く私たちのプライドを深く傷つけたからだ。

逆上した香苗を見て、彼女の私たちを怪しむ視線はさらに鋭くなった。

「まあ、客に向かってなんて口を利くの？　そうやって慌てるところがもっと怪しいじゃない」

「木村様、大変申し訳ございません。こちらのスタッフには私の方から厳しく言い聞かせておきますので……」

香苗をフォローするように再度頭を下げた氷上さん。そんな彼を見て、深くため息を吐いた木村様が「まあいいわ」と口を開く。

「じゃあもう一度探していただけますか？　このあと予定があってここを離れないといけないので」

再度指輪を探すことへの了承を得たためひとまずは安心したが、彼女の次の発言でまた窮地に落とされるのだった。

「ちなみにあの婚約指輪、三百万もするの。もし見つからなかったら弁償ってことでいいかしら？」

「べ、弁償？」

三百万という多額の値段を聞いて、香苗の表情が徐々に青ざめていくのが分かる。もし見つからなければホテルの評価を下げるだけの問題ではない。それに私たちに疑いがかかっている以上、自分たちで見つけなければそれを晴らすこともできないだろう。

私たちは木村様から指輪を外したときの状況や今日の朝からチェックアウトまでこのホテル内で訪れた場所について詳しく聞くと、緊張感を保った空気のままホテルをあとにする彼女を見送った。

私と香苗、そして氷上さんと涼宮さんの四人は昨晩木村様が宿泊した七〇五号室を訪れていた。涼宮さんは木村様への対応に困っていたフロントスタッフを見兼ねて声をかけたらしい。涼宮さんの対応に一度落ち着きを見せた彼女だったが、それから客室の清掃をしたスタッフを連れてくるように指示をし、氷上さんまでもが対応に出る事態となった。

「私たち本当に指輪なんて盗んでいません！　信じてください！」

必死に二人に訴えかける香苗に私も頷く。木村様に言われた言葉が相当ショックだったようだ。

「落ち着いて、木村様だって本気でそんなこと思っていないはずよ。結婚指輪なんて大事なものを失くしちゃったから今は少し混乱しているだけよ」

「それにいくら頭に血が上ったからと言ってお客様の前であのような口は利くな。自分たちの一つの言動がホテルの評価に直結すると考えろ」

涼宮さんと氷上さんの言葉に頭を冷やしたのか、香苗が落ち着きを取り戻す。そして私へと視線を向けると申し訳なさそうに口を開いた。

「遊もごめんね、私つい熱くなっちゃって。遊はずっと冷静なのに」

「ううん……」

私も顔に出ないだけで、盗んだという疑いをかけられたことに対してなにも思わなかったわけじゃない。氷上さんたちの言う通り、香苗がお客様に対して取った態度は間違いだったかもしれないが、私たちが感じた気持ちが間違いだったわけではないだろう。

「もちろん、私たちも盗んでいないって信じているわ。清掃スタッフ総動員で指輪を探しましょう」

「おい、勝手に決めるな。総動員させたら通常業務が滞るだろう。まずは状況を整理するのが先だ。というかお前はいつまでここにいるつもりなんだ。早く現場に戻った方がいいんじゃないか？」

「だって正臣に二人のフォローができるとは思えなかったし。それに状況の説明だって私の方が正臣より上手くできるから」

私たちの前で言い合いを始める二人に戸惑う。しかしお互い気を遣っていないからか意見のぶつかり合いが激しく、それでいて遠慮しない関係が少しばかり微笑ましくも感じる。

そんなことを考えていると氷上さんが突然私たち二人の名前を呼んだので思わず背筋をしゃんとした。

「彼女はドレッサーの前で指輪を外した記憶があるらしい。ここの清掃を担当したのはどっちだ?」

彼の言葉に私たちは顔を見合わせる。気まずそうに私の顔を見ている香苗に軽く頷くと氷上さんへと向き直った。

「それは私です。だけど……」

「ここに指輪は置かれていなかった、そうだな?」

「……はい」

この部屋に入ってすぐ香苗は浴室と脱衣所の清掃へと向かった。そのあいだにお客様の忘れ物がないかチェックしたが、木村様の言う指輪をこの部屋で見た覚えはない。だけどもし彼女の証言が間違っていて、ほかの場所に置かれていたとしたら。清掃中にテーブルから落としてゴミ箱のなかに入っていたとしたら。様々な可能性が考えられるため、まずはこの部屋を隅々まで探さなければならない。

もし見つからなければ三百万円を弁償する。もちろん簡単に出せる金額ではない。氷上さんの言うように指輪の捜索にスタッフを割けば、その分通常業務に支障が出るはずだ。

（だとしたら指輪を探すのに必要になる人の数は……）

こんなことで、私のせいでこのホテルの評価を下げたくない。私は込み上げる責任感で緊張を押し潰し、はっきりと彼らに意思を伝えた。

「私が、探します……」

「遊？」

「私が一人で探します。ちゃんと確認をしなかった私の責任なので」

大丈夫、声は震えていない。私の言葉に氷上さんの視線が鋭くなったのを感じ、思わず体が強張ったが、なんとか気を強く持った。

「一人で見つけられる自信があるのか？」

「お話を伺った限り今朝の木村様の行動範囲は狭いので、この部屋を確認したあと辿ってみます」

「……それがお前の出した答えか？」

きっと氷上さんはリーダーとしての考えを私に尋ねているんだと思う。ここで私がどのような答えを出すのか、きっとそれも研修の評価に関わってくるのだろう。自分の責任を他人にまで負わせるのは違うと思う。

「はい、少し当てがあるので」

「……分かった。だが流石に一人で探すのは無謀だ。人員を割くから先に捜索を始めていてくれ。だが長沢も自分の仕事があるから捜索するのは二時間だけにしろ。武本はそのあいだ長沢の仕事のフォローを頼む」

「ちょっと待って。勝手に決めてるけど指輪なんて小さいものを探すのに少人数だと効率が悪いんじゃない？　それにこれ以上大事になったら上層部だって黙っていないと思うけれど」

「これ以上従業員を借り出す余裕はないから経過が悪ければ業者を呼ぶつもりだ。だがこんな昼間から捜索隊がホテルを闊歩しているのはゲストにも不信感を与える。人が少なくなるまではできる限りホテルのスタッフで探そう」

涼宮さんは氷上さんに向かって苦言を呈すが、それでも彼の視線の鋭さは変わらなかった。隣で香苗が心配そうな顔を浮かべているのを感じながらも、私は「大丈夫です」となるべく気持ちが伝わるように口にする。すると私の意思を受け取ったのか、氷上さんは一度思い詰めたように瞼を閉じて息を吐き出した。

そして涼宮さんへ向き直ると普段通りの強い口調で告げる。

「全責任は俺が取る。これでなんの問題もないだろう」

「なんのって……」

すべての責任を氷上さんが？　その言葉に顔を上げるとこちらを振り返った彼と目が合った。初めて会ったころよりも、彼の瞳には私への信頼があるように思える。私が指輪を盗んだ、なんて全く疑ってもいない目だ。

涼宮さんは観念したように「分かった」とため息と一緒に吐き出した。

「正臣がそこまで言うなら信じましょう。一応私もロビー付近は仕事をしながら探してみるから」

「ありがとうございます」

「だけど無理はしないで。長沢さんの責任じゃないから」

涼宮さんは本当に心優しい人だと思う。誰も傷つかないように人を気遣ってフォローをしてくれる。そんな彼女だからチーフコンシェルジュのような高い地位にまで昇れたのだろう。

私が彼女の言葉に頷いたところで今のところは解散ということになった。部屋を出る前、香苗が不安そうな表情で私の元へ近づいてくる。

「遊、やっぱり私も一緒に探すよ」

「……ありがとう。だけど香苗は私の分まで仕事お願い」

少し心残りがある様子だったが無理やり納得させると彼女は「それにしても」と先ほどの出来事を思い返す。

「遊があんなふうに意見を言ってるの、初めて見たかも。それも氷上さんを相手に」

「そう、かな」

「うん、表情はいつも通りだったけど……だけど格好良かったよ」

えへへとようやく笑顔を浮かべてくれた香苗に私も内心ほっとする。やっぱり香苗のような明るい子が悲しんでいると調子が狂ってしまう。彼女のためにも早く指輪を見つけて、私たちの疑いを晴らさなくては。

昨晩木村様が宿泊した客室にやはり指輪はなかった。私は客室をあとにするとホテルのランドリーへと向かう。もしかしたらベッドメイキングを行ったときに古いシーツに絡まって、洗濯機に入れられてしまったのかもしれない。

「指輪なんか見なかったけど。洗濯機のなか見てもいいけど多分見つからないと思うよ?」

それでもいいと無理を言ってスタッフに掛け合い、シーツを洗濯している洗濯機のなかを確認する。毎日大量のベッドシーツを洗濯しているため、その大きさは一般の家庭用のものよりも遥かに大きい。なかは薄暗いため、客室清掃用に普段から持ち歩いているポケットサイズの懐中電灯で照らしながらくまなく確認する。

「ない、か……」

木村様が指輪を置いたと言っていたドレッサーとベッドの位置が近いため、もしかしたらと思ったけれど。だとしたらほかに考えられる可能性を探るしかない。

木村様はドレッサーに指輪を置いた。つまり化粧をするつもりだったのだ。化粧をするときであれば、もし朝にシャワーを浴びていたとしても浴室の排水溝に落としたなどの可能性は切り捨てられる。チェックインまでに訪れた場所は朝食ビュッフェが行われていたダイニング。しかし朝食のときに指輪を外す理由が私の経験上見当がつかない。やはり客室のなかで失くしたと考えるのが妥当だろう。

あの客室にもなくてほかの部屋に持ち出された可能性もないとしたら、最後の可能性として残していたものを実行するしかない。

「今日のゴミならここに保管しているけど。でも階ごとにまとめちゃっているから指輪なんて小さいものを見つけるのは難しいと思うぞ」

「だ、大丈夫です。少しだけ見せていただければ……」

残り時間が迫っているなか、私が最後に向かったのは客室などで出たゴミを保管している倉庫だった。ホテルでは客室のゴミはゴミ箱に入っていたものでも一週間保管するように言われている。もしお客様が間違って捨ててしまったものがあった場合、ここから探し出さなくてはいけないからだ。

バタンと倉庫の重そうな扉が閉まり、鼻の奥にツンと生臭い匂いが届いた。このホテルで働いて数年は経つが、この倉庫に来たのは初めてだった。

（とりあえず確認だけしてすぐに氷上さんに報告しよう……）

階数、そして部屋番号ごとに振り分けられたゴミ袋のなかから七〇五号室のものを探す。これ、制服にゴミの匂いがついてしまっているから終わったら一度着替えないとだめだな。

（どうして私、こんなことをしているんだろう……）

そんなことを一瞬考えてしまった私はハッとして立ち止まり頭を横に振った。違う、指輪を見つけないとホテルに迷惑がかかってしまうのだから当たり前だ。見つからなくて頭を下げるのは私だけではなく、氷上さんやもっと上の立場の人も含まれているのだから。

「あのときとは違う……あのときとは……」

一人そう呟いて気持ちを落ち着かせようとするも、あの日の出来事と今日をリンクさせずにはいられなかった。

昔の私は人と話すことが好きな少女だった。ただ両親が交通事故で亡くなってから親戚中をたらい回しにされた私は小学生ながら心を疲労させていた。最終的に落ち着いたのは睦月の母親である父の兄妹のなかで一番歳が下の叔母の家だった。親族のなかでも立場が弱かった睦月の父親が私を引き取ることを勝手に決め、そのことに納得のいっていない叔母との夫婦関係は子供の私から見ても冷え切っており、歓迎されていないことは分かっていた。だけどこれ以上ほかの家に行きたくない、そう思った私は家族に気に入られようと必死にコミュニケーションを取ろうとしたけれど、そのなかで私の話に耳を傾けてくれたのは睦月だけだった。

私が他人に心を閉ざした決定的なきっかけがある。橘家に預けられるようになって半年が経ったころ、通わせてもらっていた小学校でクラスメイトの給食費がなくなるという事件が起こった。クラス全員で教室中を探し回ったけれど、彼女の給食費が入った茶封筒はどこにもなかった。

「やっぱりないか……」

ゴミ袋のなかを確認し終えた私は指輪が見つからなかった事実に一人ため息を吐く。どこか諦め半分で探していたけれど、本当にないとそれはそれで困る。ここまでしたのにと後悔しそうだ。

流石にタイムリミットだろう。着替えてから氷上さんに報告しにいかないと。ゴミを片付けて倉庫を出ると偶然ハウスキーパーのスタッフと鉢合わせた。突然倉庫から出てきた私に目を見張る彼女たちを横目にその場をあとにしようとすると、後ろからこそこそと会話しているのが聞こえてくる。

「なんでこんなところから長沢さんが？」

「なんかお客様の指輪を盗んだって疑われてるみたいだよ。それでその指輪探しているんだって」

「長沢さん真面目そうだし盗んだりしてないと思うけど、なに考えているのか謎すぎて擁護しにくいよねー」

隠すつもりはあるのか、ダイレクトに耳に届いた言葉は自分でも嫌というほど分かりきっていることだった。小学生のころ、私には親しいと言える友人がいなかった。

だから給食費を盗んだと疑われたとき、誰も私のことを信じなかったし庇いなどもしなかった。あのとき私がクラスで友好的な関係を築けていたら、また話は変わったのかもしれない。

今更過去のことを気にしても仕方がない。だけど香苗にも同じような気持ちを味わわせたくない。私は他人から誤解されることに慣れているし、悲しくはなるけどそれが表に出ないから周りに気を遣わせることもない。

ただ最後に、もう一度あの客室を探してもいいかもしれない。そう思った私は新しい制服に着替えたあと、氷上さんへの報告に向かう前に木村様が宿泊した七〇五号室を再び訪れた。再度バスルームやベッドの下などを確認するが指輪のようなものは見当たらない。期待はしていなかったけれど、ここまで見つからないといよいよ焦りが募り始めた。

涼宮さんは冗談だろうと言っていたけれど、木村様の言う「三百万円弁償」が本当の話だったとしたらどうしよう。貯金のことを考えても、私が払える額など、限界が見えている。一人部屋で思い詰めていると突然出入口のドアの方で音がした。確か部屋はオートロックがかかっていたはずだけど……。

「やはりここにいたのか」

「氷上さん……」

氷上さんの顔が見えた瞬間、安心したのと同時に不安が胸に立ち込める。あんなふうに見得を切っておいて結局指輪を見つけられなかった。せっかく研修を経て彼に認められつつあったのに、今回のことでまた彼のことを失望させてしまった。

「指輪は見つからなかったか」

「……はい」

「そうか……捜索にあたってくれたほかのスタッフからも発見の報告は上がっていない」

そう教えてくれた氷上さんを見て覚悟を決めた。これ以上、このホテルには迷惑をかけられない。このホテルは私と両親の思い出の場所。私の失敗で評価を汚すわけにはいかない。

「あの……私弁償します。お客様にとって凄く大事な指輪なのに気が付けませんでした」

「本気で言っているのか？」

「はい……すぐにどうこうできる額ではないのは分かっています。でも……」

私にできることはもうこのぐらいしかない。意を決してそう口にしたが、氷上さんの口調は変わらず冷めたものだった。

「木村様がおっしゃっていた額が本当なら、給料から天引きしたとしてもそれなりの時間がかかる。そのあいだ、君はただ働きでもいいということか？」

「そ、それは……」

「それに今回の件が広まったら損害は弁償額以上になる。それも全部君が責任を取るつもりか？」

彼の言葉を聞いてハッとした。指輪を弁償したからと言って、木村様からの信頼を取り戻せるわけではない。私が責任を取ったところで、ホテルの評価は下がったまま。どうして今までそのことに気付けなかったのだろう。一人反省していると彼は「まず君は知っておくべきことがあるみたいだな」と呟いた。

「確かに、今回のことであのゲストは二度とこのホテルを利用することはないだろう。だが、その一つのことでここのホテルが築いてきたすべてを否定されるわけではない。むしろ、このようなことが起こったとしても信頼を失わないように俺含めグループの上層部はホテルの在り方について議論を交わしてきた。それも君の失敗ですべてが無駄になるか？」

「い、いえ……」

「それにこのホテルでなくなったものが見つからなかったのならそれは君だけの問題ではない。このホテルの管理問題であって、その責任を取るのは君たちハウスキーパーではなく俺たち上層部の人間だ」

はっきりとそう口にした氷上さんに引っかかりを覚えた。

「氷上さんは、私が指輪を盗んだとは思わないのですか?」

ここまで探して指輪は見つからなかった。そうなればどこかに落としているのではなく、誰かの手のなかにあると考えてもおかしくない。涼宮さんもそうだったけれど、氷上さんも私が木村様の指輪を盗んだとは一寸たりとも考えてはいないようだった。

正直な話、私はそこまで氷上さんに信頼されているとは思っていなかった。

すると氷上さんは私の台詞に対して理解しがたいと言いたげな表情を浮かべ、そして強い視線のまま私を見つめる。

「君の普段の業務態度を見ていればそうは思わないだろう。俺は君の性格など詳しく知らないからな。仕事での行いでしか君を判断できない」

「そう、ですね……」

「それに、君がここで働く意義は以前の研修のときに聞かせてもらった。君が自らこのホテルの評価を下げるようなことはしないと考えるのは普通だろう。武本も同様に、だ」

氷上さんは「なにを当たり前のことを言っているんだ」といった様子で私の質問に対して疑問まで浮かんでいるみたいだ。驚いた、氷上さんがそんなふうに考えてくれていたなんて。信頼している、まではいかなくても、部下のことはよく見ているということなのだろう。

（あれ、なにかおかしいな……）

言葉じゃ言い表せない感情が突然私の胸のなかを満たし始めた。その感情は温かくて、それでいて優しい。今私は氷上さんにそう言ってもらえて、「うれしい」と感じたのだろうか。

「そのようなことを言うってことは、まさか君が盗んだのか？」

「え、ち、違います！」

「だろうな。何度も言うが君だけの責任ではない。よって、君がそこまで思い詰める必要もない」

先ほどからてっきり私は自分一人だけで責任を負おうとしていたことを彼に怒られているのだと思っていた。しかし、もしかすると氷上さんは彼なりに私のことを励まそうとしているのかもしれない。彼の表情も先ほどよりも少しだけ人間らしいものに変わっていた。

初めて氷上さんの本当の人柄に触れたような気がしたのは私だけだろうか。

「もうすぐ業者もここに着く予定だ。できれば君の口から引継ぎをしてもらいたい、かまわないか？」

「も、もちろんです」

私がそう返事をしたと同時に微かに他人の声が聞こえた。すると氷上さんは耳に着用していたインカムを手で押さえ、「なんだ？」と反応する。今聞こえた声は氷上さんの無線機から聞こえたものだろう。

氷上さんは相手のスタッフといくつかの会話を交わしたのち、一瞬私の方に視線を寄せた。そして通話を終わらせると氷上さんは短く私の名前を呼んだ。

「今フロントから連絡があった。木村様の指輪が見つかったそうだ」

「え！」

流石の私でさえも彼から告げられた言葉に声を上げてしまった。

「いったいどこで……」

「木村様は確かにこの部屋で指輪を外した。だがなにかの拍子で床に広げてあったアタッシュケースのなかに指輪が入り込んでしまったらしい。出先で広げた際に出てきたとフロントのスタッフに報告が来たようだ」

「ということは……」

「あぁ、このホテルで失くしたわけではなかった。木村様はチェックアウトも時間がギリギリだったらしい、きっと慌ただしい人なのだろう。でなければ出先で荷物を広げるような真似はしないはずだ」

確かにどのような経緯でアタッシュケースを開けることになったのかは気になるが、無事に指輪の在りかが分かってよかった。これで指輪を弁償することも、ホテルの評価が下がることもない。

一件落着、なのだろう。氷上さんは「よかったな」と淡々と呟く。

「あとはこちらで対処しよう。君も通常業務に戻るといい。ついでに武本にも伝えてもらえると助かる」

「分かりました」

「じゃあ戻ろう。ずっとここにいても時間の無駄だ」

そう言って客室の入口へ足を向けた氷上さんのあとをついていこうとするが、安心で力が抜けてしまったからかその場から動けなかった。動けない私を見兼ねた彼が不思議そうに私の方を振り返る。

「どうした、行かないのか？」

「あ、えっと……少しだけ気になることがあるのでここに残ります。すぐに戻りますので」

私の行動を不可解に思ったのか、彼は一瞬わけが分からないという目でこちらを見たが、「分かった」と一言残し部屋をあとにした。氷上さんの姿が見えなくなったと同時に私は入口に背を向け、そして深く息を吐き出した。

「……うっ」

息を吐いたと同時に溢れたのは温かい水滴だった。口を覆っている手に零れた涙が付着し、自分が涙を流していることに気が付く。

（私って、ちゃんと泣くことできたんだ……）

両親が亡くなったとき、もうこれ以上悲しいことは起こらないと思った。だから涙は全部ここに置いていこうと、私は体が枯れるくらい涙を流し二人の死を乗り越えた。それから親戚中の家をたらい回しにされても、橘家での扱いが酷くても、学校で疑いをかけられても、涙を流すことはなかった。

だから今こうして自然と流れた涙に自分自身驚いている。疑いをかけられたことよりも、両親が大好きだったこのホテルに傷を付けずにいられたことへの安心感からの涙だろう。私の心も、まだ乾ききっていなかったということなのか。こんな姿を氷上さんに見せたらきっと驚かせてしまう。だから彼には先に部屋を出てもらい、一人残ることにした。

コンプレックスのせいで他人から誤解されることは度々あったけれど、知らず知らずのうちに我慢の限界が訪れていたのかもしれない。なかなか止まらない涙のせいで仕事に戻れず、「困ったな」と自分で自分に呆れていた。

そのときだった。

「長沢、伝え忘れていたんだが……」

突然聞こえてきた声に振り向くと仕事に戻ったはずの氷上さんが部屋の扉を開けてなかに入ってきた。彼は私の顔を見ると一瞬だけ目を見開き、そして気まずそうに視線を逸らした。

「悪い、なんでもない。またあとで話す」

「あ……」

最悪だ、結局泣いているところを他人に見られてしまった。気まずげにドアを閉めようとする氷上さんを私は心配させまいと手で涙を拭い、普段通りを装い「大丈夫です」と顔を上げた。

「すみません、なにかありましたか？」

「……」

「氷上さん？」

私の顔を凝視する彼。正直泣いたあとの顔は自分でも酷いと自負しているので、あまり見てほしくないのだが。

「君は感情が顔に出にくい、そう言っていたな？」

「……はい」

「だがそれは、無理して気が付かないふりをしているだけじゃないか？」

気付かないふり？　彼の言葉をどう受け取ればいいのか、私は動揺で真顔のまま固まってしまった。

「一人で抱え込み、誰にも見られずに感情を押し殺し、そして今また自分の感情に蓋をした。それを繰り返すたび、君は気付かないうちに自分で自分を殺しているんだろうな」

「……リーダーには向いていないということでしょうか？」

「いや、そうじゃない……」

いつも物事をはっきりと告げる氷上さんが珍しく言葉を濁した。そんな氷上さんに首を傾げると、彼は「だから」と重く言葉を吐いた。

「だから、泣くときぐらいは素直に泣けばいいと思っただけだ」

なにを言われるかと思えば、到底彼の口から出てくるとは思わなかった台詞で反応が遅れてしまった。だけど彼がなにを伝えようとしているのかは自分のなかで次第と明確になってきて、そしてどこかこそばゆい気持ちが胸に広がった。

氷上さんが私の涙に動揺している。その動揺からか、彼の遠回しな励ましの声に自然と心のなかが穏やかになった。氷上さんは私が思っているほど完璧な人ではないのかもしれない。

「泣き止ませてしまったのは俺のせいだが。邪魔なら出ていく。仕事に戻るのも落ち着いてからでもいい」

「ま、待って……ください……」

そう言い残し、部屋を出ていこうとする背中を私はか細い声で呼び止めた。どうしてもお礼が言いたい。だけど伝えたい気持ちが込み上げるほど、同時にまた涙が目から溢れ出した。

「っ……すみませ」

慌てて拭おうとした手を近づいてきた彼によって封じられる。初めて触れた体温は想像以上に冷たくて、だけど私がそれを記憶するよりも先になにごともなかったように離されてしまった。ただ私が泣くのを我慢しないようにするためだけに触れた。そんな彼の優しさにまた視界が滲んでいくのが分かった。

(あぁ、だめだ……優しくされると、また……)

彼が隠し持っていた熱、それはゆっくりと氷でできた私の仮面を溶かしていく。次第と溢れ出す涙を、今度は止めなかった。静かに泣く私に氷上さんはなにも言わず、涙が自然と止まるまでずっと傍に立っていてくれた。

今思い返してみれば、私は上司を前にしてなんという失態を演じてしまったんだろう。それも失態を見せるのも今回で二回目とは。

「遊お疲れ～、今日は本当に大変だったね……って、どうしたの？　いつにも増して顔に覇気がないけど！」

「あ、お疲れ様」

仕事終わり、ロッカールームで再会した香苗に指摘されてなお、私の表情は固まったままだった。正直な話、恥ずかしかったり情けなかったり申し訳なかったり、氷上さんに対して様々な感情が渦巻いているせいか、気持ちの整理もつかずに今はただ平静を保つことしかできない。

「本当に指輪見つかってよかった～。けど腑に落ちないというか、私たち責められ損だったよね～」

「見つからないよりマシだよ」

「そうだけどさ～。……ん？　なんか遊、目のところ赤くなってない？」

「そ、そんなことは……」

慌ててファンデーションで隠したつもりだったけれど。私は目元の腫れを悟られないように彼女から顔を背けた。するとロッカーにしまっていたスマホが震え、画面に表示された通知が目に入る。

「今日帰りどっか寄って帰らない？　このまま一人で帰ったら今日のことでむしゃくしゃしそうだよ」

「ごめん、今日は先約があって」

「それ、前にも言ってない？　いつも誰と会っているの？　彼氏とか？」

「……違うよ」

彼女の言葉を真っ向から否定する。未だに仕事以外だとまともに人と話すことができないのに、恋人を作るなんて夢のまた夢。

私はロッカールームで香苗と別れるとスマホにメッセージを送ってくれた約束の相手の元へ向かった。

【遊ちゃんごめん、ちょっと仕事上がれるの遅れそうだからどこかで休憩して待ってて】

珍しく半休を取っていた睦月とのご飯の約束。そのために私はバー『カルペ・ディエム』にあるテラスを訪れて、彼の仕事が終わるのを待った。ここだったら仕事終わりの睦月との合流も簡単だ。

ここに来るのはあの夜、氷上さんと出会ったとき以来だ。テラスに出ると夜風に吹かれて髪が靡く。外に出るには少し薄着だったかもしれない。肌寒さに両腕を擦りながら夜景を眺めていると視界の端に人物が映り込んだ。

その人の邪魔をしないように端の方に立っていたが、不意に視界が捉えた顔に「え？」と固まってしまった。

「ひ、氷上さん？」

「……長沢？」

テラスに先に訪れていた人物が私の声で振り向いた。気のせいかと思っていたが、こちらを向いた人物はやはり氷上さんで間違いないようだ。またしてもここで会うとは。やはり氷上さんはこのお店の常連客なのだろうか。

氷上さんは仕事場でのスーツ姿ではなく、初めて会ったときと同じ黒のロングカーディガンを羽織っていた。一度スーツ姿の彼を見てしまうとこっちの服装には違和感を持ってしまう。それくらい彼にはスーツがよく似合っている。

彼は私に気付くと手にしていた煙草の灰を携帯灰皿に落とした。

「このあいだもここで見たな。また知り合いに会いに来たのか？」

「そうですが……えっと……」

氷上さんの顔を見ると彼の前で泣いてしまった客室での出来事を思い出してしまう。あのとき一瞬だけ触れた彼の熱も。先ほどまで震わせていた体はそのことを思い出したことによってあっという間に温まっていた。

会話が詰まり沈黙が流れ、夜風が吹き付ける音が鳴り響く。泣き顔を見られてしまった手前気まずく、なにを話せばいいか分からない。必死に話題を探していると先に口を開いたのは彼の方だった。

「……俺がここで一息ついているのがおかしいか？」

「え、そんなことは……」

思ってはいないけど、そう言われると気になるような……。氷上さんって未だに謎が多く、仕事以外のときはなにをして過ごしているのだろう。氷上さんは私よりも考えていることが端から見ても分からない。

「一息つくなら自宅の方が……お疲れでしょうし」

「自宅、か……帰ると言ってもここだからな」

「ここ……とは？」

職場から近くのところに住んでいるのだろうか。しかし彼の口から出てきたのは「このホテルだ」という驚きの言葉だった。ホテル、と自分で呟き、反復させると彼はそうだと頷いた。

「このホテルの一室を借りている。その方がいろいろと都合がいいからな」

「借りているって、ずっと？」

「そうだが？」

まさかのホテル暮らし、しかも自分が働いているホテルで。それに一般的には高級ホテルの部類に入るフルールロイヤルホテルの一室を借りるとなると一か月での家賃はそれなりの値段になるはずだ。やっぱり彼が氷上財閥の御曹司だという噂は本当なのだろう。

「実際に利用した方がこのホテルの良し悪しも分かりやすく、客観的に評価もしやすい。なによりも通勤時間も省けて効率がいい」

「もしかして今までもずっとそうしていたんですか？」

「だったらどうした」

氷上さんは普段から仕事を一番に考えて生きている人なのだろう。だからこそ私は最初の研修のときに彼に問われた「このホテルで働く意義」について思い出した。氷上さんの「このホテルで働く意義」は私よりも大きいのかもしれない。氷上さんの言葉に説得力があるのは、そんな彼の気持ちが仕事を通じて部下である私たちにも伝わってくるからだと思う。

（まだあのときのお礼、言えてないな……）

私の涙が止まってすぐに氷上さんはスタッフに呼び出されてあの部屋をあとにした。

結局私はお礼も謝罪も彼に伝えられていない。そっと右手を胸に当てて深呼吸をする。

大丈夫、氷上さんは私の話を聞いてくれる人だって分かっているから。

彼の視線が私へと向けられる。その熱い眼差しに心臓が焦げつく。

「氷上さん、今日は本当にありがとうございました……」

彼に向かって頭を下げた私は、どんな顔をしていたらいいのか分からずなかなか顔を上げられなかった。だけど彼に励ましの言葉をかけられてうれしかったのは確かだ。氷上さんの言葉だったから、私は我慢することなく涙を流すことができた。そして私が泣いているとき、なにも言わずに黙って傍にいてくれたことがなによりうれしかった。

彼は「頭を上げろ」と呆れた目で私を見つめた。

「俺は思ったことを口にしただけだ。礼を言われる筋合いはない。それにああいうゲストへの対応は今までにもあったからな。どこも一緒だ」

「……そう、ですか」

氷上さんにとっては部下にかける言葉として当然だったとしても、私はその言葉に救われたような気持ちになった。あのときの涙は無駄じゃなかったと、今でも強く思う。

「私、研修を終えて周りの人を支えられる立場になりたいです。氷上さんが言うように今の私では難しいと思いますが、努力します」

周りに流されて決まったリーダー研修。だけど今は明確な目標を持って臨むことができる。もっとこのホテルに必要とされる人になりたい。困っている人がいるならば、頼られる人になりたい。このホテルを好きになってくれる人を私の仕事で増やせるようになりたい。氷上さんに認められる人に、なりたい。業務連絡じゃない、私自身の心からの言葉。今のはしっかりと氷上さんに伝えられたと思う。

「……あぁ、頑張るといい」

そう小さく微笑んだ彼に、顔を上げた私は静かに見惚れていた。ゆっくりと時間が進むなかで、彼の笑みが記憶に刻まれていく。

氷上さんは不思議な人だ。どうしてこの人には自分のことを知ってもらいたいと思うのだろう。そして、彼のことを知りたいと強く思うのだろう。

再び触れた彼の柔らかい部分が甘い感触として私の心に残る。それを深く知ろうとするのは、まだ早い気がする。これも彼が言う、「自分の気持ちに気が付かないふりをしているだけ」なのだろうか？

「遊ちゃんお待たせー……て、あれ？」

ドアを開けてテラスに顔を出した睦月が私たち二人のことを見て物珍しげな顔を浮かべた。私は我に返ると氷上さんに「お疲れ様でした」と勢いよく頭を下げて彼の元へと急いで向かう。

「遊ちゃん、なにか話していたみたいだけど大丈夫なの？」

「うん、もう終わったから。早く行こう」

睦月の腕を引いて慌ててテラスをあとにする。ずっとあそこに立っていたら、些細な感情の揺れでさえも氷上さんの瞳に見抜かれてしまいそうだった。

(知ってほしいのか知られたくないのか、どっちなの……)

自分のなかにある矛盾を今の私ではどうすることもできない。ただ、一つ確かに分かったことがある。

氷上さんの笑顔を、いつかまたこの目で見たいと思ったことだ。

第三章　愛を知るには遅すぎる

あの日から、氷上さんの微笑みが忘れられずにいる。

朝の支度を終えた私は玄関先にある全身鏡を前にして両手の人差し指で口角を押し上げてみる。指を離してしまうと次第に下がってしまう口角に私の肩まで落ちた。

いくら人と会話ができるようになったとしても、感情表現が相手に伝える情報は多い。私が自身の気持ちを相手に伝えられても、私の表情が怒っているように見えたなら相手は不快に思うはず。できれば笑顔の一つぐらい作れれば、そのような誤解を生むこともなくなるだろうけど。

「はあ……大丈夫なのかな……」

氷上さんにもっと成長したいと宣言したあの日から、どうすればコンプレックスを直せるか模索している。今までのように淡々と仕事をこなすだけなら多少困ることがあっても今のままでいいと思っていた。だけどリーダー研修が終わっても私自身の評価が上がらなければキャリアアップには繋がらないだろう。

我に返り時計を見るとすでに家を出る時間を過ぎていた。慌てて鞄を手に取ると自宅をあとにする。

普段のハウスキーパーとしての業務と週に一回のリーダー研修の両方をこなす日々。忙しいときは香苗がフォローしてくれて助けられているが、どうやら彼女は私のことを心配しているらしい。

「遊、最近どう？　氷上さんに怒られていたりしない？」

「氷上さん……」

ここ最近、氷上さんとは研修のときと報告書を渡す際にしか会う機会がない。相変わらず彼の指導は厳しいものの、私のために言ってくれているのだと伝わってくるから怒られているという意識はない。

それどころか私は彼にたくさん助けてもらっている。ここで働いていく上での目標をはっきりと提示してくれた彼にはとても感謝している。

それにもう二週間は経っているはずなのに、木村様の指輪がなくなったあの日のことを鮮明に思い出してしまう。客室で一人泣いていた私をぎこちなく励まそうとしてくれた手のひらの熱も、そのあとバーのテラスで見せてくれた控えめな笑顔も。それを思い出すたびになぜか私の胸はざわつき、落ち着きがなくなる。

「おーい、聞いてる？　遊、大丈夫？」

「っ、ごめん……氷上さんに怒られたことはない、かな……」

香苗のようにまだ彼が怖いと思っている従業員は多いのかもしれない。私は彼が優しい人だということが早く周りにも伝わればいいのにと思っていた。だけどあの日見せてくれた彼の意外な一面は、私だけが知っておきたいと思う自分がいた。

（だめだ、この気持ちは抱えてはいけない……）

気付かないふりをすればいい。自覚してしまう前に気持ちを忘れればいいだけ。

そうこうしているうちにスタッフが集まっていた部屋にアシスタントマネージャーと氷上さんが入ってきて香苗の意識がそちらへと向いた。

「はぁ、まだちょっと怖いけど、やっぱり氷上さんって格好いいよね」

うっとりとした表情で朝のミーティングを行っている氷上さんのことを見つめている香苗。その視線の先を追った私は、本日の予定について話している氷上さんの表情を見て「あれ？」と首を傾げた。

（なんか今日、いつもと雰囲気が違うような……）

なにが違うとははっきりと言えないが、だけどどこか無理しているように感じるのは気のせいだろうか。香苗やほかの人たちは彼の異変については気になってもいないようだ。氷上さんのことだから自身の体調管理もしっかりとしているはず。私の単なる勘違いだろうか。

違和感を抱きつつもミーティングは無事に終わった。客室の清掃業務をこなした私は氷上さんに提出する書類をまとめて彼の居場所を探す。昼過ぎのこの時間帯に氷上さんがいそうな場所はなんとなく分かっている。

(あ、いた……)

従業員用のテラスでコーヒーを啜っている大きな後ろ姿を見つける。最初のころは食事中に話しかけることに対して迷惑じゃないだろうかと不安に思っていた。しかし彼のなかでは休憩中も業務時間にあたるのか、「気にするな」と言って資料を受け取ってくれてからは私も仕事で忙しそうにしているなか話しかけるよりは休憩中の氷上さんに声をかけるようにしている。

しかしいつもと違ったのは同じテーブルに女性が座っていることだった。

「あれ、正臣になにか用事?」

氷上さんの隣に座っていた涼宮さんが私の存在に気付いて声をかける。遠目から二人のことを見つめていた私はあまりの雰囲気のよさに声をかけるのを戸惑っていたのだ。なにせ二人が座っているところだけ、明らかに周りとは空気が違う。周りで休憩している人たちも私と同じようなことを考えてか、敢えて二人の周りだけ空けて座っていると思われる。

近寄りにくい空気を感じながら二人の元へ向かうとコーヒーを啜っている氷上さんに声をかける。

「休憩中すみません。こちら今日の報告書です」

「かまわない、気にするな」

報告書を受け取った彼が中身を確認している隣で涼宮さんが興味深そうにその様子を眺めていた。

「なに、そんなの書かせているの?」

「前に話した通り長沢は今研修中だ。この研修が終わったら昇進も考えている」

「そっか、じゃあ頑張らないとね。このホテル、昇進の規定結構厳しいから」

確か涼宮さんは氷上さんと同じ歳だったはず。若くしてチーフコンシェルジュの立場にいる彼女からその言葉を聞くと説得力がある。報告書の確認が終わったのか、書類をテーブルに置いた氷上さんの表情を見つめる。近くで見るとなおさら疲れているように見える。でもただの部下が口を挟んでいいものなのだろうか。

「どうした、不備はなかったぞ。よくできていた」

「あ、ありがとうございます。えっと、氷上さん……」

「なんだ？」

どのように伝えようか悩んでいると彼のインカムから声が聞こえ、それに応対した氷上さんが残っていたコーヒーを飲み干した。

「悪い、なにか言いたいことがあればまた声をかけてくれ」

「あ、はい。お疲れ様です……」

足早にテラスをあとにする後ろ姿になにも言えなかったことを一人嘆いていると、隣から「まったく……」という声がため息とともに聞こえてきた。

「本当に仕事人間なんだから。無茶するなって言ってるのに」

「無茶、ですか？」

「そう、あんまり顔には出てないけど今相当体調悪いはずだよ、あの人」

そう言って目線を氷上さんに向けている涼宮さんに「やっぱり」と確信する。氷上さん、体調が悪いのに無理をして仕事を続けているみたいだ。

「たまたま今日フロントで顔見てすぐ分かったの。自分じゃ気付いてなさそうだからわざわざ伝えに来てあげたのに、『俺のことは放っておけ』って」

「そう、ですか……」

「同僚の言うことくらい素直に聞けって言うの。かわいい彼女がいたら言うこと聞いたりするのかな?」

心配だなと氷上さんのことを考えていた私は涼宮さんの言葉を理解するのに時間がかかってしまった。今、「彼女がいたら」と言わなかっただろうか。

「え……」

「どうかした? あ、もしかして長沢さんも正臣が体調悪いって気付いていた?」

「いえ……」

私の聞き間違いだろうか。でも今思えば二人の口から付き合っていると聞いたわけではなく、二人がバーで一緒に飲んでいるところを見かけただけ。その仲睦まじい様子から勝手に恋人同士なのだと思い込んでいたけれど。

(二人は付き合っていない……?)

急に黙り込んだ私に涼宮さんが不思議そうに首を傾げる。

「ごめんなさい、私なにか気に障るようなこと言った?」

「い、いいえ。少し吃驚して……」

「あ、吃驚していたの? 怒っているんだと思った」

「すみません……」

驚きのあまり真顔になってしまっていた。私のことをじっと凝視してくる涼宮さんの視線から逃げられないと悟った私は素直に事情を告げた。すると彼女は数秒固まったあと、テラスに響き渡るほどの大音量で笑い声を上げた。

「あはは、それは面白い勘違いだね！　確かにそう勘違いされることもあるけど」

「本当にすみません……」

「謝らないで。それに長沢さんって意外と正臣のこと気にしてるのね」

「え……」

まるで図星を突かれたように思考が停止する。氷上さん同様、涼宮さんも私の思考を見透かしているようだ。

彼女はそんな私を放って氷上さんとの関係について話を続けた。

「私と正臣は腐れ縁みたいなものだよ。その辺の話もいつか時間を取ってできたらいいけれど……」

「腐れ縁、ですか」

「あ、そうだ。よかったらこれもらって」

そう言って胸元からメモを取り出した彼女がなにかを書き示し始めた。書き終わったメモをこちらに手渡してきたので素直に受け取るとその内容に目を走らせる。

「私の連絡先。よかったら今度一緒に食事でもしましょう？」

「え、でもどうして私なんかと……」

今のところ私と涼宮さんとの接点は同じ職場で働いていることしかないはず。そんな彼女と二人きりだと緊張して、さらになにも話せなくなってしまう可能性が高いと思う。

私の問いかけに彼女は意味深な笑みを浮かべながら私の目を見つめた。

「せっかく知り合えたんだし仲良くしましょ？　仕事の相談ごととか愚痴とかなんでも話聞くし」

「……」

涼宮さんの言葉から別の意図が感じられる。氷上さんへの気持ちを見透かされてしまっているようで居心地が悪かった。

それよりも、二人が付き合っていない事実を知って安心してしまった自分に嫌気がさしていた。

バーのカウンターに肘をついて私の顔を見つめていた睦月は、「うーん」と苦しそうな声を漏らした。

「まだちょっと表情が硬いかな～。どっちかと言うと薄ら笑いみたいに見えるし」

「う、薄ら笑い……」

それは笑顔とは程遠いのでは。仕事終わりに『カルペ・ディエム』に寄った私は睦月に練習の成果を見せていた。しかし彼の言う通り、自分でも表情筋がかちかちに固まっているのがよく分かる。

どうして、とカウンターに伏せると彼は「まあまあ」と軽く私を慰めた。

「頑張ろうとしているだけでも凄いと思うよ。それに無理をしていたら途中からしんどくなっちゃうし。遊ちゃんのペースでいいんじゃないかな？」

「……そうかな？」

「今すぐ変わろうとしなくたって大丈夫だよ。遊ちゃんは少しずつ前に進んでいるよ。俺が保証する」

グラスを磨きながらそう優しい励ましの言葉をかけてくれる睦月に落ち込んでいた気持ちが少しだけ立ち直った。子供のころから知っていた睦月はいつの間にか立派な大人になっていて、自分のことだけではなく他人のことまで深く気遣える男性へと成長していた。そんな彼のことを私は誇りに思うし、彼を見ているだけで元気づけられている。

「それにしても遊ちゃん、ちょっと落ち込んでないかなって心配だったから元気そうでよかったよ」

「落ち込む……私睦月になにか言ったっけ？」

「ただ俺が小耳に挟んだだけなんだけど、このあいだちょっと大変なことがあったみたいだし」

一瞬彼はなんのことについて言及しているのだろうかと思ったが、しばらくして木村様の指輪が紛失した事件のことを思い出した。そんなことまでも睦月の耳に入ってきていたのか。

「俺が知ったのは少しあとだったから連絡できなかったんだけど、遊ちゃん思っていたよりも立ち直りが早くってさ。ちょっと意外だったかも」

「それは……」

「それに、なんか吹っ切れたような感じだったし」

確かに嫌な思いをしたが、なにより氷上さんに仕事を認めてもらえたこと、そして信頼していると言われたことが思いのほかうれしかったのだ。

だからこそ氷上さんに早く認めてもらいたいという気持ちが大きくなる。そんな焦りを感じて落ち込む私を見兼ねてか、睦月が「そういえば」と話題を変えた。

「来月の遊ちゃんの誕生日、去年と一緒でここでお祝いしてもいいかな？」

「うん、もちろん。というか、毎年律儀に祝ってくれて本当にありがとう」

「気にしないで、俺がそうしたいだけだし」

睦月は毎年、私の誕生日をここのバーで祝ってくれる。わざわざ店長の了承を得て、誕生日ケーキを作ってくれたり、プレゼントを準備してくれたり。両親がいない私に気を遣って毎年一緒に過ごしてくれる彼の存在を、私は本当にありがたいと感じている。

それに正直言って誕生日にはあまりいい思い出がない。だから一人でいるより誰かと一緒にいる方がそのことを思い出さずにいられるし、睦月が楽しそうな姿を見ると自然と私もうれしくなる。

今年の誕生日も楽しみだな、そう心を弾ませていると、ふと視界の端にテラスの様子が見えた。全面ガラス張りになっているため、彼の姿を見つけた瞬間、私は手にしていたカクテルをカウンターに置いた。

「遊ちゃん、おかわりなにか飲む？」

「ごめん睦月、少しだけ席外すね」

「え？」

声をかけてくれた睦月に断りを入れて席を立つとおもむろにテラスの方へと向かう。音を立てないようにテラスへ続く扉を開けた私は、その場で一人静かに佇んでいた人物に声をかける。

「氷上さん、お疲れ様です」

「……長沢か」

あのときと同じく、夜景を眺めながら煙草をふかしていた氷上さんは横目で私の存在を確認すると手元から白い煙を揺蕩わせた。氷上さんは仕事場でもあるこのホテルの一室をプライベートで借りて暮らしていると言っていた。そしてこのバーのテラスが彼の憩いの場でもある。そのことを知ってから、私はここに来るたびにテラスの向こうのことを自然と見つめていた。

ううん、バーにいるときだけではない。私は彼に慰めてもらったあの日から彼を目で探し、追いかけてしまっている。これは否定しようがない事実だ。そのことを自覚するたびに何度も気付かなかったふりをする。だけど流石にもうそのふりも限界が見えてきた。

今も氷上さんに名前を呼ばれただけで、なぜか胸が苦しくなって特別なことのように思えてしまっている。

（普段から忙しい人だからここにいるのを見るとなぜか安心してしまう……）

涼宮さんと考えることは同じで、氷上さんには無茶をしてほしくない。

「で、なにか用か？」

「え……」

しまった、なにも考えずに声をかけてしまった。ただ挨拶をしなければという一心で来てしまい、彼の休憩を邪魔してしまっているのではないだろうか。素直にただ挨拶しにきたと言って退散した方がいいかもしれない。そう思った私の目に映ったのは顔色の悪い氷上さんの表情だった。

「あ、あの……大丈夫ですか？」

「……なにが？」

「その……体調悪いですよね。無理はしない方が……」

勇気を出してお昼のときはかけられなかった言葉を口にしてみる。すると一瞬彼は意外そうに目を丸め、そして気まずそうに私から視線を外した。

「涼宮からなにか聞いたか？」

「それもそう、なんですけど……」

「気にするな。自分のことは自分が一番分かっているし、心配されるほどのことでもない。仕事に支障が出ては本末転倒なことは自分がよく分かっている」

本人がそう言うのであれば大丈夫なのだろうが、氷上さんは表情の変化が少ない人だから見た目だけでは本当はどれくらい体調が酷いのか分からない。だけどただの部下である私がこれ以上踏み込んだところで彼の意志が変わるとは思えない。

すると氷上さんが不意に視線を後ろへと向ける。そして深く息を吐き出すと再び煙草を咥えた。

「ここにいていいのか？　心配そうにこっちを見ているぞ」

「え……」

彼が視線を向けている方向に目をやると、そこにはガラス越しにテラスの様子を窺っている睦月の姿があった。そういえば彼になにも説明せずに飛び出してきてしまった。彼の心配げな表情に自然と足が動く。

「すみません、それではまた」

「あぁ……」

お疲れ、と短く返した氷上さんに深く頭を下げ、テラスをあとにする。屋内に戻る瞬間、ふと振り返ると彼の横顔が目に入った。

（大丈夫、だよね……）

本人が平気だと言っているのだからなにも心配することはない。そう分かっているのに私の心はざわつき、彼から目が離せなかった。


それからまたしばらく時間が経ったけれど、氷上さんの顔色はよくなるどころかパッと見ただけでも悪化しているのがよく分かった。それは彼のことを恐れている同僚の女の子たちも変化に気付くくらいに。

「なんか最近の氷上さん、ちょっと雰囲気がマイルドになったよね」

「分かる～。声の威圧感もなくなったし、今なら普通に話せるかも」

「えー、でもやっぱりあの顔を前にしたらなにも言えそうにないよ～」

雰囲気が柔らかくなったのは体調を崩していて覇気がないからで、声は喉を痛めているから大きな声が出せないだけで。とにかく、今の彼は外から見ていても危ない。

「遊、遊！　大丈夫？　ぼーっとしてない？」

「ご、ごめん……」

「その報告書、出しに行かないの？」

香苗の言葉に私は手に持っていた報告書に目をやる。届けにいきたいけれど、疲れている氷上に声をかけるのは気が引ける。もし休憩しているのであれば体を休めることに徹してほしいけれど。

「……行ってくる」

きっと私の言葉じゃ彼の意志は揺るがない。彼にとって私は些細な存在なのだから。

支配人である氷上さんはいつもどこにいるのか把握することが難しい。無線を持っていれば連絡がつくのだが、まだハウスキーパーのなかでも若手に入る私が持つには早い。だからこうして彼を探すことが日課になってきた。

ここ最近は従業員用の休憩所やテラス、フロントなどに出没する。一つのところに留まることが少ない彼なので、よく従業員の方に声をかけて彼の目撃情報を探す。今までは同僚の人たちとしかあまり会話をしたことがなかったが、それ以外の人と話すことも徐々に慣れてきたように思う。

そうして人づてに彼の居場所を聞いて辿り着いた場所は……。

「失礼します……」

初めて足を踏み入れた仮眠室はシンと静まっており、冷えた空気が広がっていた。

呼吸の音も聞こえないため、本当に氷上さんがいるのか不安になる。だけどここにいるということは体を休めているということだと思う。もし眠っていたら報告書だけ近くに置いて帰ろう。

ここかと音を立てないようにカーテンを開く。目に映った氷上さんは深く眠っているのか、微かに聞こえる寝息にほっと胸を撫で下ろした。眠っている氷上さんの寝顔は思わず見惚れてしまうほどに綺麗で、勝手に覗き込んでしまっていることへの罪悪感が胸を過る。

氷上さんは以前、私は自分の気持ちに気付かないふりをしているだけじゃないかと言った。あの日彼にかけてもらった言葉は今の私の心の支えにもなっている。あの言葉で気付かされたことは大きく、自分の弱さを受け入れた私は新しい目標を掲げるようになった。

だけど、氷上さんはどうだろうか。彼も自分の気持ちを蔑ろにして、無理をしているはずだ。事実、こうして無理がたたって寝込んでしまっている。完璧に見えるけれど、彼だって私と同じ人間だ。

無理をしないでほしい。だけど彼に踏み込んでいいのか分からないもどかしさが胸を覆う。報告書を彼が眠るベッドの近くに置き、そしてその場を慌てて離れようとする。私が仮眠室を出ようとしたとき、丁度なかに入ってくる女性と肩がぶつかってしまう。

「あ、す、すみません……」

「こちらこそ……って、あれ？」

その声に顔を上げるとそこに立っていたのは涼宮さんだった。

「長沢さん？　どうしてここに？」

「氷上さんに用事があって。でも眠っていらっしゃるので仕事に戻ろうかと」

「なるほどねー。倒れる前にここに逃げ込んだのはまだいいとして、どうしてこうなるまで無理をするんだか」

涼宮さんも氷上さんの様子を見に来たのか、心配げに仮眠室のなかを覗いている。

そうだ、涼宮さんの言葉ですら彼には届いていないのだから、私なんてもっと聞いてもらえない。胸に抱いている気持ちを彼女に見透かされたくなかった私は「それでは」となにごともなかったかのように彼女の横を通り抜けようとする。

しかし、涼宮さんはそんな私を「ちょっと待って！」と引き留めた。

「今夜なにか用事ある？」

「用事って……え？」

「このあいだ、『また今度食事行きましょう』って話していたでしょ？　今日時間ある？」

このタイミングでの食事のお誘いに動きまで固まってしまう。確かに以前会ったときにそのような話をしていたのは覚えているけれど、ただの世間話だと思っていた。今日はもう仕事が終わったらそのまま家に帰る予定だったが、私と涼宮さんが二人で食事に行っていったいなにを話すのだというのか。

「ほら、仕事の相談があったら話してくれてもいいし。前も言ったように長沢さんに興味があるの」

「……分かりました。今日だったら」

「ありがとう！　このあいだ渡した連絡先のメモはまだ持ってる？　仕事が終わったらそこに連絡入れてくれるかな？」

彼女はそう言い残すと氷上さんのことは確認せずに「またね！」と手を振りながら仕事に戻っていってしまった。

いきなりで驚いたが涼宮さんが悪い人ではないことは知っているし、それに相談と言えば聞きたいこともないわけではない。いつも明るく人と接することが上手な彼女に人との接し方のコツを聞いたら、新しい打開策も見つかるかもしれない。

二人になったらなにを話そうかと悩んでいるうちに気が付けば勤務時間が終わってしまった。仕事終わりの涼宮さんと合流し、連れてこられたのは職場からそう離れてはいない大衆居酒屋だった。

「はい、今日もお仕事お疲れ様！　かんぱーい！」

「か、乾杯……」

目の前の席に座っている涼宮さんは乾杯の合図とともにジョッキに注がれている生ビールをごくごくと喉へ流し込んでいく。そして残り三分の一となったジョッキを豪快にテーブルの上に置いた。

「はぁー、頑張ったあとのビールって最高だよね～。ほら、長沢さんも飲んで飲んで」

「は、はい……」

彼女の飲みっぷりに呆気に取られていた私はカシスオレンジが入ったグラスに口を付ける。改めてだけど、涼宮さんと二人で食事をしていることが不思議で仕方がない。せっかくの機会だし、涼宮さんの明るさの秘訣なんかを聞けたらいいのだけど。

運ばれてくる料理に舌鼓を打ちながら彼女はいくつかの質問を私へ投げかけてくる。

って思っちゃうけれど、人と話すときに緊張しちゃうって聞くと印象が変わるでしょ？」

「で、でもそれをどうやって知ってもらえば……」

「そこは自分で考えないと。無理にとは言わないけれど、そういう考え方もあるかなって思って言っただけだから」

　そう言って彼女はおいしそうにカツオのたたきをほおばった。私のことを知ってもらう、か。自分の情けないところを他人に見せてしまうと相手を不安にさせてしまうと思っていたけど、その考え方が間違っていたのかもしれない。

「って話をね。何回も正臣にもしているんだけど、なに言っても聞く耳持たなくて。昔からそうだから今更私がなにを言ってもアイツが変わらないのは分かりきっているつもりだけど」

　新しく運ばれてきたハイボールを飲みながら涼宮さんはそんなふうに愚痴を溢した。どうやら涼宮さんは氷上さんが周りから恐れられていることに関して思うことがあるみたいだ。でも彼女の言う通り、氷上さんが本当はどんな人かを知った今では彼に対する恐怖心というものはなくなっている。これが人間性を知ってもらう、ということなのだろう。

「ほかにはなにかある？　この際だからなんでも聞いちゃって～」

「……」

少し酔いが回ってきたのか、先ほどよりも軽快な口調になった彼女。今ならなにを聞いても本当に答えてくれそうだ。ずっと聞いてみたかったことが一つあるのだが、今のタイミングなら聞けることかもしれない。

「あの、涼宮さんと氷上さんはいつからお知り合いなのですか？」

「私と正臣？」

一瞬驚いた顔をした彼女だが、私の言葉に吹き出すように笑い出した。

「吃驚した、私と正臣のことが気になるの？　興味があるんだ？」

「あ、いや、その……」

「ふーん、でも私が今日したかったのはそういう話だな～」

涼宮さんの視線にたじろぐと、彼女は「まあいいか」と快活に笑みを浮かべた。

「私たちは以前働いていたホテルが一緒だったの。四年くらいかな？　もともと海外で働くことを志望していたから自分以外にも日本人がいるってだけで気になって」

「か、海外って……いったいどこで……」

「フランス。せっかく本社がフランスにあるし、働くなら本場で働きたかったの」

まさか涼宮さんがフランスのホテルで働いていたとは。だけどそこまで実績があるのなら、チーフコンシェルジュの立場にいるのは納得だ。

「正臣がフルールグループを運営するフルール財閥と血縁関係にあることは流石に知っているよね。実は彼の祖母が財閥の人間でね。彼は日本とフランスのクォーターなの。学生時代から日本とフランスを行き来していて、就職は向こうで落ち着かせたみたい」

「氷上さんはそのころから支配人を？」

「ううん、そのときはまだ支配人ほど上の立場ではなかったけれど。でも彼がフルール財閥の人間だということは知れ渡っていたから明らか特別扱いはされてたと思うよ」

支配人じゃなかったころの氷上さん。それはそれでどのような感じだったのか、気になる。だけどフランスで就職していたのに、二人はなぜ日本に帰ってきたのだろう。

「フルールグループの役員たちは彼を支配人よりも上の立場に立たせようとしていた。でも彼はそれを拒んで、今も昇進の話が来ても断り続けている。それを繰り返すうちに支配人として日本の経営ホテルの立て直し計画に呼ばれて戻ってきたの」

「支配人になにかこだわりがあったんですか？」

「そこまでは分からないな。彼が話してくれたのはここまでだから。だけど、なにか約束がなんとかって話していた気がする」

そのあと、涼宮さんもチーフコンシェルジュとしての昇進とともに日本に戻ってきたらしい。二人ともフランスでの実績を買われたということだろう。やはり人の上に立つ人はほかとは少し違う。

それにしてもなぜ氷上さんは支配人という立場にこだわるのだろう。彼ならもっと上にもいけるはずだ。前に少しだけ話していた、このホテルで働く意義というものに関係があるのだろうか。

「知り合ったころから頑固でね、今と全然変わらない。なんでも一人でこなそうとして、いつまで人に頼らないつもりなのかしら」

「……」

「本当、人の話を聞かないやつ」

氷上さんのことを心配しているのか、彼女の言葉に一瞬の陰りが見えた。二人が恋人でないことは知っているけれど、でも氷上さんと涼宮さんのあいだには強い絆のようなものを感じる。私の心配は涼宮さんの心配に比べたら度合いが違う気がする。

彼女はいい感じに酔ってきているのか、顔が赤くなり目も据わり始めた。これ以上お酒を飲むようだったら止めた方がいいかもしれない。

「ほら、長沢さんも正臣のこと心配していたでしょ？　それに私もう酔いが回ってきちゃって、しばらく歩けそうにないんだよね」

（さっき凄くしっかりと立っていたけど……）

「ここは私が払っておくからさ。ほらほら、早くしないと正臣が可哀想よ」

まさかここまで自由な人だったとは。だけど本当に動こうとしない涼宮さんを見て、なおさら氷上さんへの心配が募った。話のなかでも人に頼ることをしないと言っていた彼が涼宮さんに助けを求めるということは相当辛いのではないだろうか。

私は半ば無理やりにお店を追い出されるとまずは彼にリクエストされたものを買いにコンビニへと足を向けた。


私はホテルのエントランスを通ると若干顔を下に向けながらエレベーターホールへと向かう。涼宮さんから送られてきた部屋番号は階数が上のものだった。

とにかくこのレジ袋の中身を手渡したらすぐに去ろう。部屋番号を確認しながら歩いていると氷上さんが借りている客室の前にまで来てしまった。この先に氷上さんがいるのだと思うと、さらに緊張が増してきてしまう。だけどここまで来てしまったのなら手に持っているものだけは彼に手渡してしまいたい。

私は震える指を伸ばして客室のベルボタンの上に乗せる。勇気を出してゆっくりと押すと静かな廊下にベルの音が鳴り響いた。しかし扉の奥で物音など聞こえず、誰かが出てきそうな雰囲気もない。もしかすると私がうだうだとしているあいだに氷上さんは部屋のなかで倒れてしまったのではと焦りが込み上げてくる。

人を呼んだ方がいいのかもしれないと思ったそのとき、扉の向こうで音がした。

「悪い、寝ていた。わざわざ……」

ゆっくりと開いた扉から顔を出した氷上さんは私の顔を見た瞬間に珍しく目を丸くした。仕事終わりで帰ってきた姿のまま寝込んでいたのか、よれたワイシャツ姿の氷上さんの色気に私も思わず言葉を失ってしまった。

彼は頭が痛むのかこめかみを押さえながら熱い吐息を漏らした。

「なぜ君が……いや、涼宮になにか言われたか？」

「涼宮さんと食事をしていて、その……」

「アイツが君におかしなことを吹き込んだということは分かった」

額に汗をかいている彼の姿は昼に見たときよりも体調が酷く悪化しているのが分かった。寝ていたと言っていたし、今こうして立っているだけでも辛いはずだ。

「あの、大丈夫ですか？　これ、氷上さんが涼宮さんに買ってきてほしいと頼んだものなんですが……」

「……悪いな、あと君はもう帰ってくれ」

「いえ、あの……」

正直今の彼を一人にする方が心配だ。氷上さんのことだから明日熱が下がっていなくても仕事場にくるだろう。その繰り返しでは彼はいつか必ず体を壊してしまう。

氷上さんに直接意見することは今でも怖い。だけど彼をこのままにしておくわけにはいかない。これは仕事の延長だと自分に言い聞かせて口を開いた。

「少しだけ部屋に入れてもらってもいいですか？」

「……は？」

「氷上さんは寝ていてください。そのあいだに私が看病しますので」

そう言って部屋のなかに入ろうとする私を「待て」と体で遮る彼。

「余計なことはしなくていい。どうせ君は涼宮に無理やり役目を押し付けられてここに来たんだろう」

「ですが今の氷上さんを見ていて放っておくわけには……」

「君にそこまでしてもらう義理はないと言っている」

そうピシャリと突き放した彼は私からレジ袋を受け取ろうと身を乗り出す。その瞬間に力が抜けたのか、彼が私の方へと倒れこんできた。

「ひ、氷上さん？　大丈夫ですか？」

触れ合った肌から彼の熱い体温が伝わってくる。肩に苦しそうな彼の息が当たって、なんとか力を振り絞りその体を支える。

（し、失礼します……！）

心のなかで氷上さんに謝り、私は彼の体を支えた状態で部屋のなかに押し入った。

間接照明だけが点けられている部屋のなかは思っていたよりもものが溢れていた。一応ホテルの客室でもあるため、定期的にハウスキーパーによる清掃が入っているはずだが、それでも綺麗だとは言えない。

氷上さんをベッドに横にさせると持ち込んだレジ袋の中身を漁る。するとその背後で苦しそうな声が聞こえてくる。

「君がここまで強引な人間だとは思っていなかった……」

彼の言葉に「私もです」と心のなかで吐露する。今まで人と関わることを避けて、自分の気持ちさえ人に伝えることを苦手に思っていた私だが、自分でも驚くくらい意志を強く持っていた。熱で苦しんでいる氷上さんを放っておけないのはもちろんだけど、それ以上に氷上さんに対して個人的な思いが溢れ出して私を駆り立てる。

「……いや、貸してくれ。流石に自分でやる。あと飲み物ももらっていいか？」

彼は掴んでいた私の腕を放すとゆっくり体を起こし、受け取った冷却シートを自分で額に貼りつける。その様子を見守ったあと、私はレジ袋から取り出したスポーツドリンクを手渡した。彼はそれに口を付けるといくらか体調が落ち着いてきたのか、私をじっと凝視した。

「君も災難だな、涼宮といたばかりにこんなことに巻き込まれて」

「そんなこと……それに私も……」

氷上さんのことを心配していたので、と最後までは伝えられず心のなかに留めてしまった。しかし彼の私を見る目は私が彼の前で涙したあのときと同じように隠した気持ちすらも見透かされそうで、そんな視線から外れるように私は彼に背を向けた。

「食欲はありますか？　なにか食べられそうなもの……」

「いや、今はいい。悪いが冷蔵庫に入れておいてもらえるか」

「分かりました」

私はベッドの傍を離れると部屋のなかにある、キッチンへと向かった。氷上さんが借りている部屋はホテルの客室のなかでもグレードが高い部屋で、ある程度の生活用品が揃っている。使われた様子のないキッチンを眺めたあと、冷蔵庫を開いた私はその中身に絶句する。冷蔵庫のなかにはミネラルウォーターが入ったペットボトルが数本と、栄養ドリンクの瓶が散乱している。明らかにお腹に入れられる固体の食べ物は見当たらない。普段からこうなのか、それとも体が辛くて買い物に行けなかったのか。ただ、涼宮さんに助けを求めた理由は理解できた。

「あの、私明日食べられそうなものを追加で……」

買ってきましょうか？　と振り向いた瞬間、先ほどまでベッドにあった彼の体が目の前に迫っていることに気付き、動きを止める。冷蔵庫と氷上さんの体に挟まれているこの状況を理解するのに時間がかかり、一時的に思考もショートしてしまった。

「冷蔵庫のなかを見たらまた君が心配しそうだなと思ったが、遅かったか」

「あ、あの……」

「安心しろ、単純に食欲がなかっただけだ」

それだけを言いにベッドから出てきたのか。彼は私越しに冷蔵庫の扉を閉めると「大丈夫か」と動きを止めていた私の顔を覗き込んだ。部屋に入ってからというもの、どことなく氷上さんの距離感が近くなった気がする。寝ていてくださいと押し返すと彼は素直にベッドへと戻っていった。

今になって自分が氷上さんの部屋に足を踏み入れていることを自覚する。今まで男性の部屋に足を運んだことは一度もない。睦月とだって彼を自室に招くことはあっても、彼の部屋を訪れたことはなかった。

（もしかして、なおさらここを出た方がいいって言ったのは、そういう……）

でもあの氷上さんが私に対してそんな感情を抱くだろうか。そんなことを考えることすら烏滸がましく思う。だけど彼の言う通り、ここに長居することはよくないだろう。私は冷蔵庫のなかに購入してきたものを詰め込むとキッチンを離れた。

そろそろお暇しようとリビングを覗き込むと、氷上さんがベッドに腰かけてノートパソコンを覗き込んでいる姿が目に入った。

「ひ、氷上さん、なにして……」

「明日の会議で配る資料がまだ完成していないからな。今日中に仕上げなければ」

「そういうことではなく……」

私が想像していたよりも彼の意志は強く、体を壊しているだけではその意志は覆らないらしい。ノートパソコンの画面に注がれる彼の視線は真剣そのもので、ここまで仕事のことを最優先に考えられることを尊敬しながらも彼の体が心配になる。

どうして彼はここまで自分のことを犠牲にするのだろう、私にはそれを指摘していたのに。私よりも彼の方がよっぽど自分のことを大事にしていないじゃないか。

壊れてしまったら、もう元に戻らないかもしれないのに。

「……長沢？」

「明日、一日休めませんか？　今のままじゃ……」

ベッドに近づき、彼からパソコンを遠ざけた。そんな私の言葉を最後まで聞かなくても、彼は私が言いたいことを察したのか、首を横に振った。

「君も分かっているだろう。このホテルに俺の代わりになる人間はいない。俺がここで休めば明日の会議は誰が出る？　君が代わりに出るのか？」

「っ……それは」

「……君には無理だろう」

その言葉の真意は私じゃ力不足であること、そして私の性格では人の前に立つことすら困難であることの両方を示唆しているのだろう。彼の言う通り、私では彼の代わりにはなれない。だけど涼宮さんに代わってでも彼のことを止めなければいけない使命感が私のなかに溢れる。私がこれ以上彼になにかを言ったところで氷上さんの意志は変わらないかもしれない。しつこい私のことを煩わしく思い、次第に嫌悪感を持たれることも分かっている。

それでも、氷上さんは私の言葉を理解してくれる人だと、そう信じたい。私が弱っているときに傍にいてくれた彼なら。

「ほかの人を頼れませんか?」

彼なら、きっと。

「その、私はまだ氷上さんに頼ってもらえるような人間ではないと思います。ですがいつか必ず、氷上さんを支えられるような人になりたいです」

「……」

「確かにこのホテルに氷上さんの代わりになれる人はいないと思います。それでも、ここであなたの体調が悪化したら今後も同じような状況に幾度も陥ると思います。だからここは無理をせず、誰かに託すことが最善策じゃないかと私は……」

「……このホテルの今後を見据えて、か?」

彼の言葉に静かに頷くと氷上さんは口を閉ざし、そして深く息を吐き出した。少しでも彼の心に響いただろうか。しかしそんな私の考えを打ち砕くように彼は鋭い視線を私へと向けた。

「だがこれは俺に任された重要な仕事だ。簡単に任せられることではない。君が言うように仕事を託せる相手がいたら、今こうして切羽詰まった状況にはなっていないと思うが」

「……どうしたら氷上さんに頼ってもらえますか？」

「……」

なにを考えているのか、表情だけでは汲み取れないのは私も彼も同じ。だけど出会ったときから彼には私の気持ちが見透かされているような気がする。

なにを言うのか、その言葉の続きを、彼の唇が動くのを待っていた私に氷上さんは「そうだな」と低く声を漏らした。

「君が、俺に心を開くようになったら……だろうか」

「え……」

「君が信用に値する人間かを見極めるためにも必要なことだろう」

私が氷上さんに心を開く。まだ私が部下として信用されていないから頼ることができないと彼は言っているのだろう。これは氷上さんに対してだけではなく、ほかの人に対しても重要なことだ。私が他人に心を開くことができない限り、このホテルのスタッフとして大きく成長はできない。

だけど心を開くと言っても実際にどうすればいいのだろう。彼は私が感情が表に出ないことも私の両親のことも知っている。それ以外に彼に隠していることなんて……。

（いや、一つだけ……）

私はこのホテルに対する気持ちで彼にまだ話していないことがある。そのことを話すには私の過去のことも話さなければいけない。でもそれを人に伝えるのはまだ怖い。そのことを知ってしまったら、氷上さんは私のことをどう思うだろうか。酷い人間だと思われるかもしれない。私はそれが怖くて仕方がない。

次第に息が苦しくなる。吐き出す息が浅くなり視界が霞んでくる。酸素が喉を通り抜ける音が耳に届くとそれは酷く掠れていた。体のなかで鳴っている脈を打つ心臓の音がまるで爆発を繰り返しているかのように大きくなってきた。

なにか、なにか話さなければ。そう緊迫した空気のなかで先に口火を切ったのは氷上さんの方だった。

「俺は祖母がホテルの支配人だった。だから俺も彼女の遺志を継いで支配人として責務を果たしたいと思っている」

彼の声に顔を上げると氷上さんは真剣な表情のまま話を続ける。

「俺が祖母と暮らしていたころ、彼女は支配人の座を退いていたがホテルの話は聞いていた。祖母はフルールグループの血を継いでいたが、女性という理由で役員にも昇進はできなかった。それでも当時からすれば支配人という立場は立派なものだ」

「……」

「両親が仕事で多忙だったから俺はフランスで彼女と暮らし、彼女が働いていたところはどんなところでどのような仕事をしていたのかを聞いた。祖母の話は興味深く、子供ながらに憧れなんかも持ったものだ」

彼は私からノートパソコンを奪うとそれを閉じ、それをベッドのサイドテーブルへ置いた。そして口を開けたまま彼の話を聞いていた私のことを見て小さく微笑んだ。

「彼女が亡くなったとき、フルールグループのホテルで働くことを選んだ。そして彼女が就いていた『支配人』という仕事がどのようなものか気になった。だから俺は今この立場にいる以上、彼女から受け継いだ遺志を前にして休むことはできないし、他人にその役目を譲ることもしたくない」

涼宮さんが話していた、『氷上さんが支配人という仕事にこだわる理由』。それは彼の祖母が今いる彼を作ったと言っても過言ではないからだ。そして意志の内容に違いはあるが、ここを目指した理由に亡き人が関わっていること、それは私と同じだった。

氷上さんも同じだったんだ。自分のためでありながらも、それは大切な人の気持ちを尊重した結果だった。このホテルには、そんな人たちの希望が詰まっている。

だけど彼はなぜ……。

「どうして、そのことを私に……？」

ただの部下である私に話してくれたのか。その疑問を投げかけると彼は戸惑うことなく、理由を口にする。

「君に心を開いてほしいと言ったのに対し、俺が心を開いていなければ君がなにも話したがらないのは当然のことだ。気にするな。こんなこと話したところでなにかが減るわけではない」

「っ……」

私の、ため。氷上さんは私が話しやすくなるように、自ら自身のことについて話してくれた。氷上さんのそんな優しさに触れるたび、もっと深くまで彼を知りたくなってしまう。それは凄く欲深いことなのかもしれない。そんな気持ちだけは彼に知られたくないと思ってしまう。

「ほかになにか知りたいことはあるか？」

「え……」

「……」

なにか、なにかって言われても急には思い浮かばない。それよりも今口を開いてしまったら、自分にとっても彼にとってもよくないことを発してしまいそうになる。今にでも零れ落ちそうになる言葉のかけらを必死に自分のなかに留める。

このままじゃ私、きっと彼を困らせてしまう。

「す、すみません、私……」

私は氷上さんの前から逃げるようにしてその場をあとにしようとする。これ以上彼の傍にいたら、私が私じゃなくなりそうだ。

「待ってくれ」

「っ……」

逃げようとした私の腕を摑んだ彼の手はさっきよりも力強かった。振り返ると彼の熱い視線と目が合う。その鋭い視線と握られている腕の力から、簡単には逃げられないことが分かる。

「悪かった、君を責めたわけじゃない。俺が他人を頼らないことは君と関係ない」

「だったらどうして……」

「……君のことを知りたいと思ったからだ」

彼の言葉に激しく胸が脈打つのが分かった。私と同じことを氷上さんも考えていた？　そんなことが現実にあることなのだろうか。

だけど彼は今、私のことを知りたいと口にした。

「突然こんなことを言われて戸惑う気持ちも分かる。だが……」

「っ、氷上さん！」

体がふらつき、前に倒れそうになる彼の体を支える。今すぐにでも横にならなければいけないくらいの重症なのに無理をしすぎている。氷上さんの体は燃え上がるほどに熱い。ゆっくりとベッドに押し戻し、彼の体を横たわらせようとする。

「わっ……」

しかし彼の体重につられ、私までベッドに倒れこんでしまった。恐れ多くも氷上さんをベッドの上に押し倒すような形になり、一瞬ときが止まった。

「ご、ごめんなさい！」

思わず飛び起きようとした私の腕を今度は弱い力で掴む氷上さん。力の強さに関係なく、彼に触れられると動けなくなる。

「あ、の……」

今までで一番近い距離で彼と見つめ合う。漆黒だと思っていた氷上さんの瞳は近くで見ると茶色がかっていることを初めて知った。吸い込まれそうになる瞳、琥珀のように美しい彼の目に見つめられ、私は……。

「好き……」

自分でも自覚できていなかった想いを、溢してしまっていた。

「長沢……？」

「……あ、」

溢れてしまった気持ちを取り戻そうとしてももう遅くて、私の気持ちを知った氷上さんは今まで見たなかで一番焦った表情をしていた。そんな彼の顔を見て、私はとんでもないことを口にしてしまったんだと思った。

「ご、ごめんなさい」

頭のなかは謝罪の言葉で埋め尽くされていて、それ以外は真っ白に塗り潰されたようになにも思い浮かばなくなった。やっぱり私がなにかを言うことによって相手を困らせてしまうことが多い。

「水分たくさん摂ってくださいね。明日のお仕事は休んでください」

「っ……ちょっと待て、長沢」

「失礼します」

伸びてきた彼の腕を避けながら離れると荷物を持って部屋の出口へと駆ける。視界にふらつきながら追ってくる氷上さんの姿が映ったけれど、振り返りたくなる気持ちを抑えてドアノブを開いて勢いで外に出た。

「……私、」

私、どうしてしまったのだろうか。だけど氷上さんのあの目で見つめられたら、もう気持ちを抑えることができなくなっていた。氷上さんが私に心を開いてほしいと言うから。私に優しい言葉をかけてくれるから。氷上さんが……。

（私のことを知りたいと言うから……）

氷上さんが好き、この気持ちは今の一瞬で生まれたものではない。ずっと胸の奥にあって、敢えて触れないようにしてきた。氷上さんの優しさに触れてから、私の心は自然と彼のことを求めていた。だけど彼には涼宮さんという恋人がいるから、私と彼とじゃ住む世界が違うからと言い訳を見つけては諦める理由を探していた。

それなのに氷上さんが私のことを知りたいと寄り添ってくれたから、私はしてはいけない期待をしてしまった。

『君は感情が顔に出にくい、そう言っていたな？』

『えっと……』

『だがそれは、無理して気が付かないふりをしているだけじゃないか？』

今まで通り気が付かないふりをしていれば……彼にあんな顔をさせることもなかった。

「最低だ……」

自分のしたことが許せなくて、悲しくても涙は出てこなかった。私の心に残ったのは自分への嫌悪感と、行き場のなくなった氷上さんへの恋心だけだった。

その日の夜は朝まで寝付けなくて、気が付いたらカーテンから朝日が差し込んでいた。朝の光を浴びても私の心は晴れなくて、職場に行くのが億劫に思える。それでも私の居場所はあそこにしかないのだと、重たい体を動かした。

「遊おはよー。聞いてよ、昨日さー」

「……おはよう」

ロッカールームで声をかけてきた香苗が普段通り世間話をしようとしたとき、彼女が私の顔を見て「ひえっ」と悲鳴に近い声を上げた。

「ど、どうしたの。いつも以上に顔が死んでるけど！」

「そう？　私はいつもこうだけど」

「いやいや、心なしか口調も冷たいし。昨日なにかあった？」

これ以上感情が揺れないようにと繕うがあまりに素っ気ない態度をしてしまっていることには気が付いている。だけどこうしていないと昨晩のことを思い出して意味もなく泣きそうになってしまうから。

「うーん、最近の遊は私から見ても空気が柔らかくなっていたのにな……」

残念そうにそう呟く香苗を見て私も申し訳ない気持ちになった。だけど私がもし人と普通に話せるようになっても、相手を困らせるようなことを言ってしまったら？

その言葉でその人を傷つけてしまったら？

（もう、本当にロボットになれたら楽なのに……）

こんな気持ち、抱えているだけで辛くなる。

そんな憂鬱な気持ちになりながらも時間は待ってくれず、毎朝のミーティングが始まる。しかしそこで私が恐れていたことは起こらなかった。

「あれ、今日氷上さんお休みかな？」

普段なら支配人の彼が前に立ってスタッフ全体に向かって話すのだが、その場に氷上さんの姿はなかった。その代わりに氷上さんが体調を崩して休んでいるという事実をアシスタントマネージャーの口から従業員に告げられる。

「え、氷上さんって体調崩したりするんだ。私超人だと思っていたよ」

「……」

「遊、どうしたの？　ぼーっとして」

香苗の言葉に我に返ると「なんでもない」と小さく呟く。私は二つの意味で心底ほっとしていた。一つは彼が自分の体を最優先に考えて、今日の仕事を休んでくれたことだ。昨日の様子を見ていると意地でも会議に参加するだろうとばかり考えていた。いや、もしかしたら昨日以上に体調が悪化した結果かもしれない。

もう一つは今日一日彼の顔を見なくて済むということだ。研修のこともあり、一日に一回は彼と顔を合わせる必要がある。昨日の今日で流石に気まずい気持ちもあり、ひとまず安心した。だから今日は気持ちを整えて、明日は普通に接することができるように徹しようと思う。

あっという間に時間は流れて翌日、氷上さんはなにごともなかったかのように仕事に復帰していた。

「昨日休んだときは驚いたけど、一日で復帰するなんて流石鉄人だよね」

朝のミーティングで前に出て話している氷上さんを見て香苗が私に耳打ちをする。

まだ本調子ではないようだが、以前よりはだいぶ顔色がよくなっているように思える。どうやら昨日はしっかりと休めたようだ。きっとここにいるほとんどの人はあの夜のように弱っている彼の姿を知らない。そのことを思い出すたび、私の体は熱を上げ、それと同時に後悔の念に駆られる。氷上さんはあの夜のことを覚えているだろうか。今日はまだ彼と話す勇気がない。なるべく彼と鉢合わせしないように、気を付けて過ごすようにしよう。

しかしそんな私の心配は余計だったのか、一日ぶりの仕事だった氷上さんは朝から忙しそうにしており、私なんか眼中にない様子だった。そのおかげでお昼過ぎまで彼の姿を見かけることはなく、私も冷静に仕事をこなすことができた。この様子だと、今日彼と鉢合わせることはないだろう。

（報告書も、直接渡さない方がいいだろうか……）

今は顔を見るだけでも気持ちが重たくなる。私が二日分の報告書を手に持ってどうしようかと悩みながらバックルームを歩いていると、前から私が恐れている人が歩いてくるのが見えた。

「ひ、かみさん……」

今日はもう会わないと思っていたのに。だがまだ私の存在には気が付いていないようだ。今の時点では彼に合わせる顔がない。それにまだ気持ちも整っていないため、また彼の前で失言をしてしまうかもしれない。

逃げよう、そんな思考回路になるまで時間はかからなかった。私は体の向きを変え

こうと思った。あの日、彼の部屋を訪れなかったら自分でも気が付いていなかったかもしれない。

でもまだ間に合うはず。ここで引き返せば、私がこの気持ちを忘れれば今まで通りの上司と部下の関係に戻れる。

「確かに、自分のものにしなければ失うこともないからね」

私の気持ちを代弁したかのような睦月の言葉が胸に刺さる。そうだ、相手を傷つけるや悲しませるなどはすべて言い訳で、一番は大切な人を失うことを恐れているだけなんだ。私はどこまでも自分勝手な人間だ。

「俺も遊ちゃんと同じだよ。失いたくないから、敢えて距離を保っている。今の関係が壊れれば俺は後悔するだろうし、欲を出した自分のことが嫌いになるはずだから」

「……睦月もそういうことを考えることあるんだ」

「当たり前じゃん、俺だって聖人じゃないし本当は言いたいこともやしたいことも我慢してる。だから遊ちゃんのことを言えた口ではないんだけどさ」

どの人とも砕けた様子で話せる彼に人間関係での悩みなんてないのだと思い込んでいた。彼のことはなんでも知っているように感じていたけれど、よく考えてみれば私以外といるときの彼のことはなにも知らなかった。

しかし睦月は「だけどさ」とカウンターに手をつくと私に顔を近づけてくる。

「遊ちゃんは欲張っていいと思う。きっとその人はそれを望んでいると思うから」

「……どうして」

「俺からすると二人とも凄く分かりやすいよ。遊ちゃんも」

あの人も、そう呟いた彼から目が離せなくなる。私が氷上さんのことで悩んでいることを知っているかのような口ぶりだった。私は睦月の前で氷上さんのことを話したことはないはず。だけど氷上さんはこの店に何度か来ているようだったし、私が知らないところでなにか聞いたのかもしれない。

だったらどうして、欲張っていいなんてことを彼は言うのか。氷上さんのことを知っているならなおさら、私と彼が釣り合っていないと思うのが普通のはずだ。それに氷上さんもそれを望んでいるって……。

「本当、嫌ってくらい分かっちゃうんだよなあ……」

そう小さく呟いた彼は一瞬思い詰めた表情でため息を吐き、次の瞬間には爽やかな笑顔を浮かべていた。そして私の名前を呼び、こちらをまっすぐに見据えた。

「今のままだと遊ちゃんはその人を大事な人だって分かる前に失ってしまうんじゃないかな。それはそれで悲しいことだと俺は思うよ」

「睦月……」

「どうせ失うんだったら格好悪くたってその手を離さなければいいと思う。遊ちゃんはもう昔とは違う。それはずっと遊ちゃんの傍にいた俺が保証するよ」

今の私なら昔のように大事な人を失わずに済むと彼は言っているのだろうか。私自身、なにが変わったのかは分からないけれど、睦月の言葉は心強く説得力があった。彼の言う通り、昔と比べて変われているのだとしたら、少しくらいは望みを持ってもいいのかな。

「俺には背中を押すことしかできないからさ。この先は遊ちゃん自身が選ぶことだよ」

「……そんなことないよ。睦月が隣にいてくれたおかげで今の私がいる」

「はは、うれしいなあ。そんなふうに言えるなら、きっと遊ちゃんは大丈夫だ」

今まで生きてきて家族と睦月以上の人なんて出会うことはないと思っていた。氷上さんと出会ったのは私の人生のなかでも最近のことで、氷上さんが私にとって彼ら以上の存在になり得る人なのかはまだ分からない。

それでも、私が手を伸ばさなければ私にとって彼がどんな存在なのかを知る前に彼のことを失ってしまう。それは凄く悲しいことなのかもしれない。

「ありがとう、睦月」

「俺はなにもしてないよ。おかわりいる？」

「うん、お願い」

彼の言葉を聞いて少しだけ気持ちが軽くなったように感じる。睦月がいなかったら私は前向きに考えられていなかった。私はシンデレラのような人間ではないけれど、彼は本当に魔法使いなのかもしれない。私にとって睦月も大切な存在で、それでいてずっと傍にいてほしい人だ。

（失いたくないな……）

私が諦めなければ失わずにいられるのかもしれない。


約束の時間通りにホテルの地下にある従業員用の駐車場へ向かう。地下に着きあたりを見渡すが氷上さんらしき姿は見つからない。もしかして仕事が長引いているのかもしれないと考えていたとき、背後から「長沢」と名前を呼ばれた。

振り返るとスーツ姿の氷上さんが立っていた。

「悪い、待たせたか？」

「いえ、私も今来たところで……」

「そうじゃない。君が仕事を終えたのはもう少し早い時間だっただろう」

どうやらこの時間までどこで時間を潰していたのかを尋ねていたらしい。私が「友人といたので大丈夫です」と答えると彼は納得した様子で駐車場へ足を進めていった。

比較的冷静になれている自分がいた。睦月に話を聞いてもらったおかげで気持ちに整理がついたからだと思う。彼のあとをついて歩いていると不意に彼が足を止める。

その前にはネイビーに近い濃い青色の車が停まっている。見た目からして高そうな車だが、エンブレムを見てもどこの会社のものかは分からない。もしかすると日本では珍しいメーカーの車なのかもしれない。

「乗ってくれ、家まで送る。話はなかでしたい」

「え……」

そう言って車のロックを外すと助手席の扉を開けた氷上さん。どこに乗るべきかと悩む前に答えを出されてしまった。有無を言わさず私を助手席へと乗せると彼は反対の運転席に乗り込んだ。

氷上さんの車のなかはほんのりと煙草の匂いが香った。革製のシーツを傷つけないか心配で落ち着きがなくなってしまう。彼はシートベルトを付けると「家はどこだ？」と私に尋ねてきた。大まかな住所を伝えると彼は軽く頷き、そして車を走らせ始めた。

（どういう気持ちでここにいれば……）

それよりも駐車場で待ち合わせということもあり、てっきり彼は着替えてくるのかと思ったが、まるで仕事を抜けてきたかのような姿で驚いた。ハンドルを握っている彼の横顔を眺めていると形のいい唇が動く。

「こっちを見て、なにか言いたいことでもあるのか？」

「え、なんで……」

「それくらい運転していても分かる」

恥ずかしい、もっと盗み見るくらいにしておけばよかった。だけどこの距離で彼の横顔を見るのは新鮮に感じて目が外せなかった。沈黙の車内でなにか会話しないとと焦りを感じた私の口から最初に飛び出したのは謝罪の言葉だった。

「すみません、氷上さんホテルで暮らしているのに家まで送ってもらうなんて。遠回りってレベルじゃないですよね」

「いや、気にしなくていい。君を送り届けたあと仕事に戻る予定だからな」

彼の返事に「はい？」と思わず素で返してしまった。てっきり彼も仕事を終えているのかと思っていたが、どうやらそれは私の思い過ごしらしい。彼の立場なら忙しいのは当然だが、氷上さんはまだ病み上がりで体調も本調子というわけではないはず。

風邪をぶり返してしまわないか心配だ。

「だがこうでもしないと君と落ち着いて話をすることもできない。どうやら俺は避けられているようだからな」

「……」

針でちくちくと刺されるような、そんな痛みを感じる発言。確かに彼の顔を見た瞬間に逃げ出してしまったのは失礼だったかもしれない。家に着くまでしばらく時間がかかる。いつ彼は話し出すのだろうかと窓の外を見つめてると、赤信号で車が停まる。

「それで君に話したいことだが、時間もないから単刀直入に言う」

「は、はい」

彼は赤信号から目を離すと私へ視線を向けた。私の目を見て話がしたいから赤信号で車が止まるまでなにも話し出さなかったのかとこのときに気が付いた。氷上さんの茶色がかった瞳は相も変わらず綺麗で吸い込まれそうになる。彼の目を見つめていると話が入ってこないため、ふと視線を逸らした私の耳に驚きの事実が入ってきた。

「俺は君が好きだ。君も同じ気持ちなら交際したいとさえ考えている。どうだろうか」

一瞬、ときが止まったかのように思えた。まるで業務連絡をするように伝えられた彼の気持ちを理解するのにはかなりの時間が必要だった。

しかし彼の琥珀のように透き通った瞳と目が合い、次第にからかって言っているのではないと脳が理解し始める。そうして彼の言葉が胸にストンと落ちると心臓が爆発したのではないかと思うほどに激しく脈を打ち始め、そしてぶわっと全身から汗が滲むほどに体が熱を上げた。

そんな私の姿を見て彼は物珍しそうに目を細める。

「君はそんな顔もできるのか。意外だな」

「いが……え、え？」

「悪くない」

今私はどんな顔をしているのだろうか。彼の視界に映って大丈夫な顔なのか。未だに混乱している私に彼は追い打ちをかけるように話を続けた。

「俺はあの夜の君の言葉をなかったことにはしないし、忘れるつもりもない。君が俺から逃げてあの出来事を風化させるつもりなら、無理やりにでも俺の気持ちを聞いてもらうつもりだった」

「氷上さん……」

「だが君には俺が分からない事情があるらしい。だからこの話を断るのであれば君の自宅に着くまでのあいだ、俺を納得させるだけの理由を述べてほしい。それができればこの話はなかったことにしよう」

なかったことにする、その言葉の真意を測りかねていると氷上さんはそんな私の気持ちを察してか、こうはっきりと言い切った。

「ただの上司と部下の関係に戻ろうと言っている。否、俺たちはこれまでもそうだったから戻るもなにもない。今まで通りになるということだ」

「っ……」

「俺は君になんの感情も持たないし、俺が自分の体を酷使したとしても口は出さないでくれ」

そう言って彼は信号に視線を戻し、青になったことを確認するとアクセルを踏み込み発車させた。

頭はパニック状態でなにから考えればいいのか私は彼の発した一言一言を振り返る。時間がないから単刀直入に言うと言われ、そして彼は私のことが好きだと告げた。

(氷上さんが私のことを好き？)

ちらりと視線を横に向けて涼しい顔で運転している彼の横顔を見つめる。氷上さんが私のことを気に入っているのではないかということを涼宮さんから聞いていたが、気に入っているどころの話ではない。彼は私のことが好きで、付き合いたいとまで口にしているのだ。私が諦めようとしたことを彼はなんの躊躇いもなく宣言した。

まだ混乱が解けていない私は運転している彼の横顔に思わず疑問を投げかける。

「あ、あの、一つ聞いていいですか？　どうして私のこと……す、好きって……」

自分でも口にしていてもまだ実感が湧いてこない。私の質問を聞いて氷上さんが重たいため息を漏らしたため、思わず背筋が伸びた。

「できれば運転しながら言いたくないものだな」

「す、すみません」

「まあいい。そもそも君に対する評価は前々から高かった。出会いこそあまりよくなかったがな」

「そう、ですよね……」

今思い返しても氷上さんと出会ったあの日は私のなかで厄日だと思っていた。彼のなかでの私の第一印象はマイナスだったと言っても過言ではないだろう。だからこそ、なぜそのようなところから好意を持ってもらえたのかが気になった。

「研修に参加すると決まったとき、正直君には期待をしていなかった。だが君と関わるたびに最初の評価は覆された。君の努力は伝わっていたし、従業員の一人として俺は君のことを認めていた。研修の結果次第ではリーダーとして推薦してもいいと考えていた」

「もしかしてそれで気に入って……」

「気に入る？」

　なんだそれは、と不思議そうに呟いた彼に私は口を手で覆った。しまった、これは涼宮さんから聞いたもので氷上さんには身に覚えのない話だった。しかし氷上さんの不審なものを見る視線に耐えられず、私は涼宮さんに「氷上さんが私のことを気に入っている」と言われたことを本人に伝えてしまった。私の話を聞いていた氷上さんの表情は徐々に呆れたものに変化していった。

「あれの言うことはあまり気にするな。ほとんどがその場のノリと確証のない自信からくるものだ」

「で、ですよね……私がなんて、烏滸がましいですよね」

「……」

　気にしていてくれただけでお気に入りなんて、流石にそんなことはないはずだ。それなのに期待なんかして、恥ずかしい。

「まあ、贔屓まではいかないが気にかけていたのは事実だ」

「……え？」

「驚くようなことなのか、それは」

先ほどから彼の口から出てくる言葉が信じられないものばかりで一言ずつ呑み込むのが精一杯だった。自分のことじゃないような、誰か知らない他人の話を聞いているようだ。しかし氷上さんの追撃は留まるところを知らず、その先も私への気持ちを語り続けた。

「君が一人で泣いていたときがあっただろう、木村様の指輪を探していたときだ」

「……」

「それまで俺は君の事情を知っていたとはいえ、それでも感情の揺れがほとんどない人間だと思い込んでいた」

だから氷上さん、私が泣いているところを見たときに少し驚いた表情を浮かべていたのか。だけど彼のように思うのは当然だろう。今だって私は周りの人からは冷たいと思われているはず。

「君が弱い部分をひた隠しにしているのを見て、できればその一面をもっと見たくなった。君のことを知りたいと思い始めたのはそのころからだな」

「それは……」

だけど睦月が背中を押してくれた。私はもう、自分でこれからの選択をしてもいいのかもしれない。

気が付けば暮らしているマンションの手前にまで到着していた。彼が入口付近で車を止め、エンジンを切ると一息ついてゆっくりと私の方へ向き直る。

「それで、決まったのか？」

「……」

彼の言葉を聞いて、ぎゅっと瞼を閉じる。頭を過るのは両親の顔だった。きっと今この瞬間も空から見守ってくれているだろう。瞼を持ち上げ、視線を横に向けると真剣な彼の瞳と目が合った。

「理由、ですよね……」

「あぁ」

「……少し、昔の話をしてもいいですか？」

「かまわない。むしろ聞かせてくれ」

あぁ、その私の話を聞いてくれるときの目が好きだな。私の口の動きを見逃すまいと見つめてくれるその目が。ただの上司と部下に戻っても、きっと明日も明後日も思い出すだろう。

「亡くなった両親の話です。以前、交通事故で亡くなったとお話ししたと思います」

「あぁ、そうだったな」

「その両親、ですが……」

続きを口にしようとした瞬間、異様な息苦しさに見舞われる。喉になにかが詰まったように言葉が出てこなくなる。次第に呼吸も浅くなり、私は胸を押さえて前かがみに体勢を崩した。そんな私の体を咄嗟に氷上さんが支えてくれる。

「長沢、大丈夫か？」

「っ……だい、じょぶ……」

過去のトラウマがフラッシュバックし、指先が震える。それでも私は彼に伝えなければいけない。それが彼に向けられる最大の誠意だと思うから。歯を強く噛み締め、私は涙目になりながらも彼の顔を見上げる。

「わた……、……した」

「落ち着け、ゆっくり話せばいい」

「……私がっ」

私が二人のことを。

「殺してしまったんです」

「……は」

今まで睦月にしか話していない、過去の記憶がしまっておいた頭の隅から呼び起こされる。


その日は私の十歳の誕生日だった。だけど私の機嫌は朝から悪くて両親が手を焼いていたことを覚えている。

理由は明確で、毎年訪れていたフルールロイヤルホテルの予約がその年に限っては取れなかったからだ。私の誕生日はフルールロイヤルホテルの最上階にあるレストランでお祝いして宿泊し、翌日は近くのテーマパークへ家族で遊びに行くのが定番化していた。しかしホテルは外国人観光客の増加に比例して予約が取りにくくなっていた。レストランで誕生日ケーキを家族で囲む瞬間が私は一番好きだった。私の誕生日なのに両親の方がうれしそうな顔をしていて、それを見た私もうれしくて。だからこそ今年はそれがないんだと知り、子供だった私は誕生日当日までずっと不機嫌だった。

ホテルの宿泊とレストラン、翌日のテーマパークはまた次のタイミングにして、私の誕生日を楽しいものにしようと両親は必死に盛り上げてくれた。普段よりも豪勢な夕食に欲しがっていたオモチャや筆記用具などのプレゼント。今思えばそれだけでも十分幸せなはずだったのに、私はいつまで経っても機嫌が直らないふりをしていた。

本当はうれしかった。二人が必死になって私の機嫌を取ろうとしてくれていたのが。愛されているのだと実感できて、かまってほしくて調子に乗っていたのだ。

事件が起こったのは夕食後、母が冷蔵庫から誕生日ケーキを取り出したときだった。

「あれ、このケーキ生クリームなの？」

母は箱からケーキを取り出すと不思議そうに首を傾げた。

「確かこのケーキだって言ってなかったっけ？」

「遊が食べたいって言っていたのはチョコの方だけど」

「うわ、俺その隣を見ていたかも。間違えた」

どうやら私の誕生日ケーキを買い間違えたらしい。母はプレゼントでもらったオモチャで遊んでいた私の傍にそのケーキを持ってやってきた。

「遊、パパが間違えて白いケーキ買ってきちゃったんだけどこっちでもいい？」

私はチョコも白い生クリームのケーキもどっちも好きだった。だけどその日の私はわがままで、自分がなにかを言えば彼らは言うことを聞くと自惚れていた。

「やだー、チョコがいい！」

「……分かった、約束する」

少し遅れてきた返事に私はくすっと小さな笑みを咲かせた。それを見た氷上さんが驚いたように瞬きを繰り返した。

「今、わらっ……」

「え……」

「……いや、なんでもない」

今の私は彼にどんな表情を向けていたのだろうか。少しでも感情が表に出ていればいいな。できるのであれば、氷上さんに好きでいてもらえる自分でいたい。どうすれば好きでいてもらえるだろうか。

するとずっと彼に手を握られていたことに気付く。咄嗟に手を離そうとするがなぜかさらに強い力で握られた。

「え、あの……」

「キスしていいか？」

「へ……」

手を離してくれなかったのってそういう……驚きのあまり顔が固まり、動けなくなった私を見て氷上さんがさらに私の体を自分の元へと引き寄せようとする。ハッと我に返り、彼のシャツを握っていた右手を離し、彼の腕を軽く押した。

「ま、待ってください……私、その……今まで男性とお付き合いをしたことが、なくて……」

「は……」

「すみません、先に言っておけばよかったです……よね……」

言い忘れていたのもあったが、単純に知られることも恥ずかしかったのかもしれない。この性格じゃ当たり前に男女交際に発展することもなく、この年齢まで来てしまった。それゆえファーストキスもまだなんて、流石に呆れられるだろうか。

すると彼がはあとため息を吐いたため、思わずびくりと体を揺らした。しかし彼の口から発せられたのは謝罪の言葉だった。

「悪かった。だが教えてくれてありがとう。今日はやめておこう」

「い、いいんですか？」

「したいのか？」

はっきりと告げられ私は黙って首を横に振る。すると氷上さんはそんな私を見て、少しだけ柔らかい笑みを浮かべてくれた。あ、レアなやつだ。うれしい。

「大事だからな、こういうのは」

そう言ってくれた氷上さんは最後にぎゅっと手を握ると優しく解放してくれた。

玄関のドアを開けると真っ暗な闇が広がった。靴を脱ぎ廊下の電気を点け、私はリビングを通り抜けるとそのまま寝室へと向かい、ベッドの上に勢いよく体を投げた。

氷上さんは私がマンションのエントランスに入るのを見送るとホテルへと戻っていった。部屋に辿り着くまでのあいだ、ホテルからここまでの彼との会話を頭で反復させていた。だけど反復させればさせるほど、夢だったのではないかと思ってしまう。

(氷上さんと付き合うことになった……)

自分にも他人にも厳しくてホテルのスタッフから恐れられているあの氷上さんと。この先どうなっていくのか、私自身も分からない。明日からの世界は今までとはまた違って、戸惑うことはあるだろうけど、それでも私にいい刺激を与えてくれる。

ふと体を起こすと私は棚にある両親の写真が飾られている写真立てを手にする。

(好きな人ができたよ……)

いつか、紹介できる日がきたらいいな。

第四章　君は二歩目を踏み出す

スマホのアラーム音が部屋に鳴り響く。微かに覚醒しつつある意識のなか、もぞもぞと腕を動かし、スマホの画面をタップするとアラームを止める。それからしばらくして瞼を持ち上げると重たい体をベッドから起こした。

いつも通りの朝、いつも通りの目覚め。私は枕元に置いていたスマホを充電ケーブルから外し、軽く指で触る。だけどそこにはいつも通りではない光景が広がっていた。

【風邪を引かないように。おやすみ】

それは氷上さんからのメッセージだった。送られてきたのは日付が変わる直前で、そのときにはすでにベッドに入って熟睡してしまっていた。確かに連絡先は交換したけれど、彼の方から送られてくるとは思っていなかった。

（夢じゃ、ない……）

もしかしたら昨夜の出来事は私の都合のいい夢なのではないかと思っていた。だけどこうして私のスマホには彼からのメッセージが残されており、あの出来事が現実であったことを物語っている。

メッセージを見るのが今になってしまったけれどなにか返信をした方がいいのだろうか。私はベッドの上で彼への返信に寝起きの頭を悩ませていた。するとあっという間にときが経ってしまい、家を出る準備が全くできていないことに気が付くと、慌ててスマホの画面をタップしてメッセージを打ち込んだ。

【おはようございます】

悩みに悩んで、ただの挨拶しか返せなかった。そんな後悔をしつつ、朝の支度を始めると途端にいつも通りの日常へと戻った。

私の言葉がきっかけになって人を傷つけたり、大切な人を失ってしまうことが怖いと吐露した私に、氷上さんは「そういうこともある」と言ってくれた。もしそのようなことが起こっても、目を見て謝れば前に進めるということを彼が教えてくれた。氷上さんの考え方が私を前に向かせてくれたのだ。夢じゃないと分かっていても、やっぱり夢みたいだ。

「行ってきます」

両親の写真立てに声をかけると玄関へと向かう。そして靴を履く前に置かれている全身鏡で自分の姿を映した。力を顔に集中させてみたけれど、眉が寄るだけで口角や頬の筋肉はぴくりとも動くことはなかった。意識すればするほど笑顔が作れない。きっと緊張に勝って、気持ちがリラックスできていないと自然に笑顔を浮かべられないのかもしれない。

だけど昨日、少しだけ氷上さんがうれしそうにしているときがあった。今思い返せば私が笑ったときだったように記憶している。これは憶測だけど、私が彼の笑顔を見るとうれしいように、彼もそうなのかもしれない。

だとすると彼のためにいつでも笑顔を浮かべられるような女性になりたいのだけど。

(これはかりはすぐには無理だよね)

また笑顔の練習を再開しよう。研修が終わって昇進の試験を受けるためにも、氷上さんに好きでいてもらうためにも。今できることを努力していこう。

男の人と付き合うこと自体が初めてな私が氷上さんにしてあげられることってなんだろうか。

「午後からの会場の清掃のため、多くのスタッフに参加してもらうがその場のスタッフの指示に従って動いてほしい。その代わり、通常業務の方が手薄になるからフォローがいるときは早めに言ってくれ」

朝礼中、本日の全体の動きについて連絡している氷上さんを眺めながらそんなことを考えていた。氷上さんは、今までに何人恋人がいたのだろう。きっといなかったことはないとは思う。そんな彼を満足させてあげられることができるのだろうか。

経験豊富な人に相談できたらいいけれど。隣に立つ香苗に視線を向ける。香苗なら私たちのことを応援してくれるだろう。だけど彼の立場上私と付き合っていることを他人に知られることは避けた方がいい。職場関係の人に話すのはリスクが高すぎるから、話すにしても限られた人になるだろう。

（それに最初に報告するなら……）

頭のなかで別の人の顔が思い浮かぶ。すると私の視線に気付いたのか、不意にこちらを向いた香苗と目が合ってしまった。

「え、なに……どうしたの？」

「あ、いや……」

彼女が周りに聞こえない声量でこそこそと声を潜めながら話しかけてきた。なんて返そうかと悩んでいるとそんな私たちにマイク越しの声が届く。

「そこの二人、喋りたいなら外に出てやれ。迷惑だ」

それは紛れもなく氷上さんの声で私たち二人に向けられたものだ。香苗は「しまった」と表情を曇らせる。どうしよう、早速氷上さんのことを怒らせてしまった。

（想像以上に前途多難なのかも……）

次に氷上さんと二人きりで話せるのはどのタイミングなのか。それを計りかねているうちに時間は過ぎ、お昼休憩に入ってしまった。

本日分の報告書を仕上げると、休憩に入る前に彼の姿を探す。バックルームを歩いていると丁度前から氷上さんがやってくるのが見えた。打ち合わせをしているのか、二人のスタッフを連れて話している彼が一瞬顔を上げたときに私と目が合った。

「ひ、氷上さん、あの……」

「お疲れ」

その一言を発すると彼は私が持っていた紙を受け取り、なにごともなかったかのように隣を通り過ぎていった。あまりの早さに思わずその場に立ち尽くしてしまう。

いや、忙しそうなときに声をかけた私も私なんだけど。素っ気ないというか、付き合う前よりも対応が冷たいような気がしないでもない。

（やっぱり昨日のは私の都合のいい夢……？）

そんなことを考えて立ち尽くしていると、後ろから「長沢さーん」と肩を叩かれた。

「こんなところでなにしてて～……って、わっ！　どうしたの、表情筋が死んでない？」

つめた。しかし次の瞬間にはいつもの笑顔を浮かべてうれしそうに手を叩いていた。

「おめでとう。私も背中を押しただけあるわ。アイツに泣かされたら言ってね、私が代わりに怒るから」

「だ、大丈夫です」

それにもう別の意味で泣かされたことはある、とは流石に言えない。だけどこうして人に祝ってもらえると実感する。氷上さんと恋人同士になれたのだと。

「もし困ったことがあるなら言ってね。と言ってもアイツ秘密主義だしなー。私も知らないことの方が多いかもしれないな」

「……それなら」

咄嗟に声に出してしまったが、彼女に聞いてもいいのか躊躇ってしまう。氷上さんのことだし、氷上さん本人に聞くことが一番誠実だと思う。だけど彼に「そんなことを気にしているのか」と呆れられる可能性もある。

しかしそんな私に対し、涼宮さんが仕事モードのときの話を聞く体勢に入ってしまっているのを見て逃げられないと悟ってしまった。

「その、氷上さんはフランスにいたときは、恋人のような女性はいたんでしょうか？」

「恋人かー。直接そんな話を聞いたことはなかったけど、多分いたんだろうね。たまに女性の影が見えていたし」

彼女が言うには恋人ができても知らないあいだに別れていることが多く、そのことに関して氷上さん自身も特に気に留めていないようだった。女性関係を引きずらない人なのだろう。

「でも長沢さんみたいな若い子と付き合うのは初めてだと思うよ。アイツに年下の気持ちなんて考えられるのかねー」

涼宮さんはテーブルに肘をつきながら悪態をついた。そう思えば私と氷上さんは立場のほかにも年齢が離れている。彼から見ると私はどのように見えているのだろうか。涼宮さんのように大人っぽい女性ならば、彼の隣に立っても見劣りはしないのに。

(大人っぽい、かあ……)

中身だけじゃなくて、見た目も変えてみた方がいいかもしれない。

「それで次いつ二人で会うとか決まった?」

「いえ、それは全然」

「え、そうなんだ。今の若い子って意外と冷めているのね」

氷上さんはいつのときも忙しそうにしているし、時間を作ってもらうのも悪い気がして私の方からは言えない。だけど彼の方からなにか言ってくるようなイメージもなく、このままでは付き合っているのに疎遠状態になってしまいかねない。やはり私の方からお誘いするしかないのか。

「迷惑ってことはないだろうし、よかったら長沢さんから誘ってみれば？」

氷上さんのことをよく知っている涼宮さんがそう言うなら確かなのだろう。彼女からのアドバイスに素直に頷くと、昼休憩のあいだに氷上さんに「次はいつ会えますか？」という類のメッセージを送ってみることにした。しかし昼休憩のあいだに彼から返信が来ることはなく、私は午後の業務に入ることになった。


午後の業務が終わり、香苗と着替えるためにロッカールームへと向かう。仕事中はスマホを持ち歩かないから、氷上さんから返信が来たかどうかは分からない。

私服に着替える最中、香苗の世間話を聞きながらなにげなくロッカーにしまってあったスマホの電源を入れた。するとその画面に映し出された「氷上正臣」という名前に思わず目を見開く。目にも留まらぬ速さで画面をタップすると、私は彼からのメッセージを確認した。

【今日なら夜に時間を取れるが、君がよければ八時にいつものバーでどうだ？】

どうやら私が午後の業務に行ったのと交代で休憩に入ったようで、そのときに送っ

一般的な恋愛にも疎い私は付き合ったあとの二人がどのような行動を取るのか見当もつかない。氷上さんに少しでも、「私と付き合ってよかった」と思ってもらえるようにするにはどうしたらいいのか。私はその答えを探すことに必死になっていた。

残った煙草を処理すると氷上さんは「つまり」と口を開いた。

「君は俺と恋人らしいことをしたいということか？」

「えっ……」

「なんだ、違うのか？」

彼の言葉に思わず地面に向けていた視線を上に持ち上げる。しかし氷上さんの表情は至極真剣で、私のことをからかっているようには思えなかった。

一瞬話が通じていないのではと思ったが、考え直してみれば彼の考えも一理あるように感じた。氷上さんに喜んでもらいたいというのは、「氷上さんの恋人」として私が彼になにかしたいのであって。それはイコール恋人らしいことに繋がってくるのではないだろうか。

「そう、だと思います。氷上さんはどう思っているのかなって」

改めてそういうことがしたいと口にするのは恥ずかしかったが、少しでも彼に近づきたいという気持ちが強かった。きっと恋人同士とはいえ、私たちの距離はまだ遠いままのはず。

「そうか、俺はもともと君のペースに合わせるつもりだったし、焦ることはないと思うが……」

私の言葉を聞いて彼がふむと思案顔を浮かべる。いったい彼の口からなにが語られるのだろうとドキドキしながら待っていると、氷上さんは「あ」となにか思いついたらしく短く声を発した。

「だったら、お互いの呼び方を変えるか」

「よ、呼び方ですか」

「あぁ、できれば君のことを下の名前で呼びたいんだが、かまわないだろうか」

一呼吸置いてそう答えた氷上さんに一瞬思考が固まった。氷上さんが私のことを、下の名前で？　今でさえ氷上さんの甘い一言一言に動揺しているのに、あの優しい声色で名前を呼ばれた暁にはそのたびに胸を締め付けられてしまうかもしれない。想像しただけでも動悸が激しくなった。だけどこれも恋人として彼との距離を近づけるためだと思い、静かに首を縦に振った。

「ありがとう、じゃあ改めて」

「は、はい！」

「……遊」

「っ……」

氷上さんの声で呼ばれる名前がこんなに特別なものだとは思わなかった。もし気持ちが顔全面に出ていたら、頬の緩みが止められなくて大変なことになっていただろう。危なかった、と一人深く嚙み締めている私に「名前の由来はあるのか？」と氷上さんが興味深そうに尋ねてきた。

「友達とたくさん遊んで元気に過ごせるように、だったと思います。でも実際にはそんなことはなくて……」

「そうか？　俺はいい名前だと思うが。それに友達も多い必要はないだろう。誰か一人でも大切な友人がいるのなら、名前をつけた両親も喜んでくれているはずだ」

「そう、ですね」

今までは自分の名前が性格と合っていないように感じていたが、氷上さんにそう言われると自分と不釣り合いな名前でもうれしく感じた。私が後ろ向きに考えていたことを氷上さんは別の解釈を用いて前向きにさせてくれる。それだけで今まで抱えてきた重い気持ちが浄化されるように気持ちが軽くなる。

「遊も二人のときは俺のことも下の名前で呼んでほしい」

「そ、それは……少しだけ時間をいただいてもいいですか？」

「かまわないが……？」

氷上さんの下の名前を呼ぶことは自分の名前を呼ばれるよりも緊張するし難易度が高い。だけど彼がそう言うのであれば彼の名前を自然と呼べるようになりたいと思う。笑顔の練習のほかに氷上さんの名前を呼ぶ練習も追加しておかないと。

すると突然彼の方からくくっと喉の鳴らすような笑い声が聞こえてきた。分かりやすく笑っている彼に内心焦りながら「どうしたんですか？」と尋ねる。

「この歳になってこんな初歩的なことを話し合うことになるとは」

「お、おかしいですか？」

「いや、かわいいなと思った」

かわいい？ と彼を見たが氷上さんは至極真っ当なことを口にしている顔をしていた。氷上さんに告白されたときから密かに勘付いていたが、氷上さんは私に似ているようで実際は自分が思っていることをストレートに相手に伝える性格なのだろう。だけどあまりにもストレートすぎて私へのダメージが大きすぎる。

顔が熱い気がして指先で頬の熱を確かめていると彼が店内に戻る動きを見せる。

「なにか飲むか？ 注文しないでここにいるのは店側に迷惑だろう」

「氷上さんも飲まれますか？」

「俺は遊を送っていくから飲まないが？」

「そんな、私ばっかり……それにここだとホテルのスタッフに見つかるかも」

「個室を用意させよう」

そうだ、この人お金持ちだった。あとを追いかけようとした私は「ちょっと待ってください」と彼の服の裾を摑んだ。

「どうした？」

「……さっきのことなんですけど」

「さっき？」

私がそう口にすると彼は振り返り、私が話し出すまで待っていてくれる。いつもそうだけど。彼のこういうところが好きだと何度も思わせられる。

「用事があって連絡したんじゃって……」

「あぁ」

「用事がなくても、会いたいって思ってもいいですか？」

すると氷上さんが盲点を突かれたような顔をした。言ってしまった、こんな恥ずかしいことを。恥ずかしさが顔に出なくてよかったとこのときばかりは思ってしまった。

恥ずかしさから顔を合わせられずにいる私へ腕を伸ばすと、彼の手のひらが私の頬に触れた。

「そういうことは二人のときに言ってくれ。我慢できなくなる」

「っ……」

「まあいい。ゆっくり君のことを教えてくれ」

遊、と名前を呼ばれるとそれが甘い余韻になって胸に広がる。氷上さんの声から伝わる響きが、肌から伝わる熱が、愛されていると教えてくれる。私にはもったいないくらいの愛情だ。

(幸せすぎて心配になる……)

氷上さんと一緒にいると欲深くなってしまいそうで怖い。

その夜から彼の仕事が忙しくて会えない日も定期的に連絡を取ることが増えた。氷上さんは時間がかかることがあっても、必ず返信を送ってくれる。それが彼の負担になっていないか心配になる。

私が質問をすると氷上さんは包み隠さず自身のことを教えてくれた。彼の部屋で昇進の話が来ても支配人に留まっている理由を教えてくれたときのように、私の心を開こうとしてくれているのかもしれない。そんな彼の心遣いがうれしくて、私もなるべく彼の前では素でいたいと思うようになった。

氷上さんとお付き合いするようになって二週間が経った。昨日より今日、今日より明日、氷上さんのことを知れて、そして距離は少しずつ縮まっているように感じる。

「ま、まさ……」

朝の日課である鏡の前での笑顔練習に彼のことを下の名前で呼ぶ練習も追加された。何度か口に出してみるが彼が目の前に立っていることを想定して練習するたびにいつもたどたどしい呼び方になってしまう。

むしろ氷上さんの方が異常なのではないだろうか。彼は仕事とプライベートでの切り替えが上手すぎる。仕事では私の勘違いでなければ以前よりも厳しさが増したように感じる。相手が恋人だから贔屓をしない人だということは知っている。だからこそその厳しさが上司として私のためであることが伝わってくる。

打って変わって支配人の彼しか知らない人から見たら驚きしかないだろう。最初に私が「用事がなくても会いたいと思っていいか」と尋ねてしまったからか、それ以来よく「寂しくないか」と連絡が来る。私を独りにしたくないのか、自宅で過ごしているとたまに電話をかけて声を聞かせてくれる。

づくと窓の下を確認した。式を挙げたであろう新郎新婦が式場の外でフラワーシャワーを浴びているところだった。幸せそうな二人の姿に女子たちが憧れる気持ちも分かる。

私も昔はこのホテルの式場で結婚式を挙げるのが夢だった。子供のころに式を挙げている新婚夫婦を見たことがある。ウェディングドレスを身に纏った女性が私の目には輝いて見えた。だけど一人で生きていくことを決めてからはそのような夢を見ることもなくなった。

（結婚式……）

もし、もしもの話、このまま長く氷上さんと付き合うことができたら、そんな夢のようなことも叶ったりするのだろうか。氷上さんはスーツが似合うからタキシードもきっと似合うはず。そんな彼の姿を想像しては「だめだめ」と一人首を横に振った。まだ付き合ったばかりなのにもう結婚式の想像をするなんて。私は自分が思っているよりも相当浮かれているのかもしれない。

（期待しちゃだめ……って分かっているのに……）

氷上さんと付き合えたおかげで、過去に諦めたことが実現することもあるのだと思うと、私のなかで彼の存在が大きいことが分かる。期待しすぎてはいけないけれど、少しくらい夢を見ても許されるのかもしれない。

『カルペ・ディエム』に訪れた私は入口でカウンターのなかを覗いてみる。するとシックな制服に身を包んで働いている睦月の姿が目に入った。今日は敢えて彼に連絡をせずにここに来た。避けられていないと信じたいけれど、もしものことを考えてのことだ。

「橘、いつものお客さん来てるぞ」

「いつもの？」

スタッフの声で振り返った睦月が私の姿を捉えると動きを止める。一瞬気まずそうな表情を浮かべたが、それはすぐさまいつもの爽やかな笑顔へと変化した。その一連の流れを見て、やはり彼は私のことを避けていたのだと察した。

「いらっしゃい、遊ちゃん。連絡もせずに来るなんて珍しいね」

自然とカウンター席に案内され、席に座ると普段通り彼が接客を始める。どうして避けられていたのだろう。私、彼になにかしただろうか。だけどなにも考えつかない。

するとずっと黙ったままでいる私に彼も困ったように微笑んだ。

「ごめんね、心配させていたんだね。連絡せずにごめん」

「そうだよ、昨日だって送ったのに」

「……うん、でも遊ちゃんは関係ないんだ。俺の問題なだけで」

そう言った睦月が私から目を逸らす。思い詰めた表情に私まで不安が立ち込めた。なにか困っていることがあれば助けてあげたいけれど、今の彼はそれを打ち明けてくれる様子ではない。

私はそんな彼の様子を窺いつつも、ここに来た本当の理由を彼に告げる。

「あのね睦月、私……」

「そうだ、注文なににする？　今日は飲んでもいいんだよね？」

「え？」

分かりやすく話を逸らされて戸惑った私に彼はメニュー表を手渡してくる。まるで私が言いたいことが分かっているかのようだ。睦月はきっと私と氷上さんの関係に勘付いている。あのとき私の背中を押してくれたことへのお礼が言いたかったのに。

「……じゃあジントニック」

「了解、ありがとう遊ちゃん」

彼の意向を無視したくなくて私は伝えたかったことを呑み込んだ。私たちのあいだで共有できないことができたのは初めてだった。よく考えれば仲がよくても相手のプライベートの部分は耳にしたくないこともあるだろう。睦月もそうなのかもしれない。

睦月と過ごしてきた時間は誰よりも長いけれど、だからといって彼のことをすべて知っているわけじゃない。彼は私とは違う人間なのだから、考え方が行き違うことだってある。あまり気にすることじゃないのかもしれない。

私はそう思うと話題を変え、氷上さんのことは話題に出さず話を続けた。すると睦月も調子を取り戻したのか、普段のノリで話を盛り上げてくれる。こんなところで睦月との仲を台無しにしたくない。この気持ちは私のなかにひっそりと留めておこう。

二杯目のカクテルを口にしたとき、スマホの画面に一瞬氷上さんの名前が映ったことを私は見逃さなかった。睦月がほかのお客さんの対応をしているところを横目に見ながら、私は素早くその内容を確認する。

【今仕事が終わった。少しだけ話せるか？】

こうして彼の方から声をかけてくれるのは何度経験してもうれしいものだ。

【お疲れ様です。いつものバーで飲んでいるので帰ってからなら大丈夫です】

【いつものってここのバーか】

彼からの質問に【はい】と返すとしばらくしてそれに対する返答が送られてきた。

【分かった。帰るとき送っていくから連絡してくれ】

【大丈夫ですよ？】

【心配なだけだから。頼むぞ】

なぜ送ってくれる氷上さんの方が頼みごとをしているのか、その不思議さに思わず表情が緩んだ。しかし意識した瞬間にそれは元に戻り、硬い筋肉に変化してしまった。

今の感覚を覚えていられたらよかったのに。

「どうしたの、怖い顔して。そのカクテル口に合わなかった？」

「そ、そんなことないよ。睦月の作るカクテルは全部おいしい」

「はは、ありがとう。それでなにかあった？」

私はスマホをカウンターの上に置くと「うん」と素直に頷いた。

「笑顔、まだ上手く作れないなって。今日も同僚の女の子たち怖がらせちゃって」

「なにも知らないのに怖がっちゃう方も悪いと思うけどね」

涼宮さんも周りの人に自分のことを知ってもらう努力をすればいいとアドバイスをくれた。だけどみんながみんな、私のことを受け止めてくれる人なんだろうか。

私の考え方が間違っているのかもしれない。涼宮さんが言いたかったことはきっとこんなことじゃないはず。

「もっといろんな人と仲良くなりたい」

自分でも気付かぬうちにそんなことを口にしていた。するとそんな私を見た睦月が安心したように微笑んだ。

「ほら、また新しいことに気付けたじゃん。流石遊ちゃん」

「あんまり甘やかさないで。睦月ってなんでも褒めてくれるから勘違いしちゃう」

「あれ、よかれと思ってやってるんだけど」

そうだ、もう少し考え方を変えよう。表情だけじゃなく気持ちから他人と向き合ってみたい。そう思えただけでも一歩前進できたように感じた。

カクテルのおかわりはいいと睦月に告げると私は氷上さんに連絡を入れた。店を出る準備をしていると睦月が「そういえば」と思い出したように呟く。

「一週間後の誕生日の約束、なかったことにしてもいい？」

「え……？」

笑みを絶やさず話を続ける睦月に違和感を覚える。

「ほら、毎年ここで遊ちゃんの誕生日お祝いしてたでしょ？　だけど今年はしない方がいいんじゃないかなって」

「……どうして？」

「どうしてって……」

言わせるんだ、と彼が困ったように笑う。それだけで今言った一言で彼を傷つけてしまったのだと気付いた。

「氷上さんと過ごしてよ。その方がいい」

「っ……待って睦月」

彼の口から飛び出た彼の名前に焦りを覚える。その言葉を否定しようとしたとき、背後から「遊」と私を呼ぶ声が聞こえた。

「ひ、氷上さん……」

「……」

てっきりまた駐車場で待ち合わせをするものだと思っていた。気まずい空気が流れている私たちを見て「喧嘩か？」と彼が冷めた口調で言った。

「違いますよ。遊ちゃんのこと送ってくれるんですよね。ありがとうございます」

「……君は」

「自己紹介が遅れました。遊ちゃんの従弟の橘睦月です」

事前に私が紹介していたから氷上さんも睦月のことは知っているはず。やっぱり彼は私と氷上さんの関係を察していた。それでもやはり自分の口から伝えたい気持ちが勝って、彼の名前を呼んだ。

「睦月、私ね……」

「……」

「……氷上さんとお付き合い、してる」

振り絞るようにして告げると彼は優しい声色で「うん」と頷いた。

「おめでとう、遊ちゃん。氷上さんも遊ちゃんのことよろしくお願いします」

「あぁ、分かっている」

「ほら、二人とも早く行って。一応ホテルのなかだしほかの人に見つかると大変だよ」

そう言った睦月に改めて「ありがとう」と告げるとまた彼が辛そうな表情を見せる。どうしてそんな顔をしているのか聞けなかったけれど、彼に自分の口から伝えられたことに安心した。それと同時に罪悪感と消失感が腹の底から湧き上がってくる。なんとなく、もう普通には睦月と話せなくなる、そんな気がした。

先に氷上さんに駐車場に降りてもらい、時間差で乗り込んだ助手席で先ほどの睦月とのやりとりを思い返す。もっと、ほかにも言い方があったのではないかと考えれば考えるほど後悔が先に立つ。すると氷上さんが「大丈夫か?」と心配そうに声をかけてくれた。

「なにかあったんだろう。戻らなくて平気か？」

「……ありがとうございます。むしろ変なところを見せてしまってすみません」

「それはかまわないが……」

氷上さんのことで話がこじれているなんて、言えない。これは私と睦月のことだから、彼を巻き込むのは申し訳なく感じる。未だに私の顔を凝視している氷上さんを安心させたくて無理やり笑顔を浮かべようと頑張ってみるけれど、それを見た彼は「なんだその顔」と吹き出すように笑った。どうやらまだ私には早かったみたいだ。

「確かに俺が口を挟むのは違うだろうな。だが無理をする前に頼ってほしい。そういう約束だっただろ」

「……心得ています」

「覚えているならいい」

行くか、と彼がエンジンをかけると車が走り出す。しばらくして睦月から連絡があり、そっとメッセージを確認する。

【さっきは変な空気にしてごめん。だけど誕生日のことはいつか言おうと思ってた】

【当日俺シフト入ってないし、バーに来ても会ってあげられない】

【遊ちゃんはもう一人じゃないよ。だから俺がいなくても大丈夫】

今になって「俺は遊ちゃんの味方だから」という彼の言葉を思い出す。これでよかったのかもしれない。私が自立できないと彼はずっと私に縛られることになる。お互いのためにもいつかは離れなければいけないと思っていた。

（今がそのタイミングなのかもしれない……）

そう思い込むことでしか今はこの気持ちを落ち着かせることができなかった。

「着いたぞ」

考え込んでいるうちにマンションに到着していたらしい。せっかく氷上さんに送ってもらったのにずっと黙り込んでしまっていた。だけどこれ以上考えてもきっと答えは出ないだろう。シートベルトを外すと車を降りる準備をする。

しかし本当にこれでいいのか。彼の貴重な時間を割いてくれているのに。

「あ、あの、氷上さん」

「どうした？」

ドアノブを握りかけた手を離すと振り返って彼と向き合う。

「もしお時間があったら、お茶でも飲んでいきませんか？」

「……ちなみにどこで」

「わ、私の部屋で……」

改めて口に出すとこんなにも恥ずかしいものなのか。一瞬ときが止まり、二人のあいだに沈黙の時間が流れる。沈黙を破ったのは彼がサイドブレーキを外す音だった。

「分かった、少しだけ上がらせてもらう」

氷上さんの返事に心拍数が上がる。このときはまだ男性を自分の部屋に呼ぶという行為がなにを意味するか、私自身分かっていなかった。


「す、少しだけここで待っていてくれますか？　すぐに戻りますので」

玄関前で彼を引き留めると慌てて部屋のなかに入り簡単に掃除を行う。普段から綺麗にしているつもりではあるが、もしものことがある。氷上さんを玄関先で待たせるのも悪いのでとにかく目についたものを適当に棚へとしまい、カーテンを閉めた。

数分後、玄関ドアを開けると真顔で立っている氷上さんと目が合い、少しだけ気まずい空気が流れる。

「お、お待たせしました。入ってください」

「あぁ、邪魔する」

彼を招き入れ、部屋のなかへ案内する。

「好きなところ座ってください。コーヒーで大丈夫ですか？」

「ありがとう、大丈夫だ」

キッチンでお湯を沸かし、コーヒーの準備を始める。その最中、リビングに居座る氷上さんの姿を見つめた。

あの氷上さんが私の部屋にいる、なんて新鮮な光景なのだろう。

「お、お砂糖とかいりますか？」

「いや、無糖でいい。というか疲れてるのに悪いな」

大丈夫ですよ、とコーヒーが入ったマグカップを受け取った氷上さんの隣に腰を下ろす。特に会話がなく、静かな空間が広がり、あまりの気まずさから「テレビつけますね」とリモコンを手にする。特に面白い番組もやっておらず、ゴールデンのバラエティー番組が静かに流れる。隣にいる彼のことを意識しながら眺めていると不意に横から視線を感じて顔を向ける。すると氷上さんがテレビよりも私のことを凝視していることに気が付いた。

「え、どうかしました」

「いや、正直テレビを見ているよりも君を見ている方が満たされると思ってな」

「っ……」

なぜこの人はこんなにも恥ずかしい言葉を真面目な顔でさらりと言えてしまうのだろう。どう反応していいか戸惑っていると突然彼に手を握られ、驚きで肩が跳ねた。

「嫌なら拒否してほしい。まだどこまで触れていいのか分からない」

そう言ってゆっくりと私に触れる彼の指先から熱が伝わってくる。ドキドキするけど嫌じゃなくて、落ち着かないけれど離したくはない。氷上さんの温度を知ってからそう思うことが多い。

「嫌、ではないです。むしろ……」

「……テレビ止めていいか？」

もう片方の手でリモコンを掴むとテレビの電源を落とす。再び沈黙へと戻った部屋のなかで彼と見つめ合うと、自然と空気が恋人のそれになっていることに気が付く。

普段は電話を通じて話しているからか、彼に触れられるだけで心臓が飛び出しそうになる。沈黙に耐えられず、なにか話題はないか必死に探していると彼が思い出したように「そうだ」と口を開いた。

「このあいだ電話で話していたデートの行き先は決まったか？」

「あ、デート……」

氷上さんと出かけるときにどこに行くか、考えておくよう言われていた。初めてのデートはどこに行くべきなのか。私なりにネットを駆使していろいろ探したのだが、探せば探すほどになにが正解なのか分からなくなってしまった。氷上さんと行きたいところはたくさんある。氷上さんはどういうところが好きなんだろう。

ずっと悩んでいたけれど、彼を前にして思い出す。そうだ、別に一人で悩まなくてもいいんだ。思ったことをそのまま口にすれば、きっと氷上さんは受け止めてくれる。

私は触れられていた手をゆっくりと握り直した。

「実はずっと悩んでいて、まだ決められていないんです」

「そうなのか、だったらもう少しゆっくり決めてくれても……」

「いえ、その……本当のことを言うと氷上さんと一緒にいられるだけで幸せで、きっとどこに行っても楽しいだろうなって」

それはとても幸せな悩みごとだ。一人の人を想ってこんなにも胸がいっぱいになる日が来るなんて思っていなかった。突然こんなことを言われたら流石の氷上さんも戸惑うだろうか。恐る恐る彼の様子を窺うと彼が私の手を握っていない方の手で口元を覆っているのが見えた。

「氷上、さん？」

「……あぁ、悪い。君がかわいいことを言うもんだから口元がにやけるのを隠すのに必死だった」

「に、にや？」

氷上さんがにやける？　笑っているところは見たことあるけれど、にやけるところは見たことない。思わず彼の顔を凝視してしまったが、氷上さんは「ふう」と一息つくと口元から手を離し、普段通りの表情に戻ってしまった。

「……少し前のことを思い出していた。君に心を開いてほしいと言ったが、本当にここまで気持ちを話してくれるとは思ってはいなかった」

「重かったでしょうか……？」

「いや、うれしいんだ。君が俺に心を許してくれて」

ありがとう、と彼の掠れた声が耳に届く。その声からも彼がうれしいと感じてることが伝わってきて私まで胸が温かくなった。私も氷上さんも、あまり人に気持ちを伝えるのが上手ではない。だからこそこうして気持ちが通じるたびに、彼への好きという感情で胸が満たされる。

ふと気付けば彼が熱い視線で私を見つめていることに気付いた。以前も感じたが、氷上さんは表情で感情が分からない分、目が多くを語っている。彼が今なにを考えているのか、目を見て察した私は思わず息を呑んだ。もしかしてこの展開、このあいだ断念したあれが来るのではないだろうか。

私を覚悟してゆっくりと瞼を閉じる。すると彼のハッとするような呼吸が耳に届いた。彼の指が手から頬に移り、そっと私の肌を撫でる。徐々に近づく彼の気配に爆発しそうなほどに暴れている心臓を抱えながら、ぎゅっと強く瞼に力を入れた。

「……ふっ」

「え……？」

しかし唇にはなにも触れず、聞こえてきたのは彼の吹き出すような笑い声だった。恐る恐る瞼を持ち上げると、視界におかしそうに微笑んでいる氷上さんの顔が映り目を見開いた。

「なっ、な？」

「悪いな。ただ緊張してるなって思ってさ。しかめっ面になってるぞ」

「しかめっ面……」

つまり緊張している顔があまりにもおかしくてキスする気がなくなったということなのだろうか。しかししかめっ面か……思いがけず氷上さんの前で真顔以外の表情を見せることになった。どうせなら笑顔がよかったのに。

落ち込んでいると彼の指が私の頬の肉を軽く摘まんだ。

「気にしなくていい。遊の新しい表情が見られて俺はうれしい。そういう顔をもっと見せてほしい」

「っ……」

この人は本当に、どんな私でも受け入れてくれるんだなあ。彼の言葉に胸が温かくなりながら見つめていると、氷上さんは私から手を離し「さてと」と一息ついた。

「そろそろ帰る。邪魔したな」

「え、もうですか？」

「……」

思わず口から出た別れを惜しむ声に顔に熱が集中する。

「えっと、そうじゃなくて、もう少しゆっくりしていっていただいても……」

「ここに居続けると正直キスだけで止まれそうにないな」

「……はっ」

ストレートに告げられた言葉に一瞬息を呑んだ。彼は真剣な表情のまま続きを紡ぐ。

「実は引っ越しを考えていてな、職場の近所で部屋を借りるつもりなんだ。よかったら君も一度来てみてくれないか？」

「それはもちろん。だけどどうして急に？」

「流石に職場で恋人を抱く趣味はないぞ」

「だっ……」

次から次に出てくる衝撃的なフレーズに一つ一つ反応をしてしまう。だけど彼の言う通り、付き合っているといずれそういうときがくる。氷上さんとそういうことをするのはまだ心の準備ができていない。

「もちろんすぐに手を出すつもりはないから安心してくれ。まあ、今日の仕切り直しくらいはさせてほしいが」

「わ、分かりました。練習しておきます」

「なんのだよ」

氷上さんがまた笑った。前はあんなにも貴重なものに感じていた彼の笑顔が、今はこんなにも簡単に溢れている。これが彼と恋人になったという証拠なのかもしれない。

彼はマグカップに注がれたコーヒーを飲み干すと本当に帰り支度を始めてしまった。

「邪魔したな。また連絡する」

「こちらこそ送っていただいてありがとうございました」

「いや、コーヒー美味かった。ありがとうな」

靴を履いた彼が玄関扉に手をかける。するとなにを思ったか、私は彼の羽織っていたジャケットの裾を指で摘まんでいた。

「どうかしたか？」

「え……」

無意識に彼を引き留めていたことに気が付くと「すみません」と慌てて手を離した。送ってくれて家まで来てくれたのに、まだ別れが名残惜しく感じるなんて。恥ずかしさから目を逸らすと玄関の隣に立てかけている全身鏡が目に入った。それはいつも朝、笑顔や彼の名前を呼ぶ練習をしている鏡だった。

笑顔はさっき失敗してしまったけど、こっちなら……。

「あ、あの……正臣、さん……」

「っ……」

「おやすみなさい」

言えた。途中で区切ってしまい呼び捨てしてしまったようにも感じるが、彼の前ではっきりとその名前を呼ぶことができた。

すると彼がドアノブから手を離し、こちらを振り返った。私の顔に彼の影が重なる。気付いたときには彼と私のあいだにはほぼ距離は空いていなかった。

「ん……」

さっきは触れることがなかった唇が彼の唇によって塞がれていることを理解するには数秒必要だった。彼の唇だと認識できる前に唇が離れ、今度は額同士がくっついた。

「今のは君が悪い。今度仕切り直しすると言っただろう」

「ひ、氷上さん」

「……いや、最後まで我慢できなかった俺が悪いな」

そう言って離れようとする彼を引き留めるように私は彼の腕を摑んだ。

「さっきも言いましたけど、嫌じゃないです。氷上さ……じゃなくて、正臣さんにされることは全部……」

「追い打ちをかけるようなことを言うな」

しかし彼はそう言いつつも再度顔を近づけると今度は長くキスを落とす。お互いの唇の形を確認するようなキスをどれだけの時間していたのかは分からない。だけど息に限界を感じたとき、彼がそっと離れていった。

「帰る。じゃあな」

「あ……」

今度は私が引き留めるよりも先に氷上さんが部屋から出ていってしまった。焦りを感じる背中をただ見送ることしかできなかった私は、玄関の扉がしまったあと、一人その場で唇に触れる。氷上さん、きっと私がキスをしたことがなかったから気を遣ってちゃんとシチュエーションを整えてくれようとしていたのかもしれない。

だけどそれよりも、今ここで彼が求めてくれたことがうれしかった。

(今、私どんな顔しているんだろう……)

隣に置かれている鏡を見て確認する勇気はなかった。

氷上さん改め、正臣さんがこのホテルの支配人に配属されて三か月が過ぎた。それとともに私のリーダー研修も終わり、あとはハウスキーパー部門のリーダーに昇進するために準備を進める必要がある。ここから先は私自身が努力しないと辿り着けない目標だ。私のことを薦めてくれた先輩や指導してくれた正臣さんのためにも立派なスタッフを目指して頑張ろう。

正臣さんとは研修が終わってから、仕事上で顔を合わす機会はめっきりなくなってしまった。そんな彼から新しい部屋に引っ越したという連絡をいただいたのが数日前、丁度お互いの休みが重なっていたため彼の部屋に招待を受けたのだ。

「えっと、ここ……ですか?」

自宅まで迎えに来てくれた彼の車で彼が暮らすマンションへと向かった。私は目の前にそびえ立つ高層マンションを前に言葉を失った。

「あぁ、時間があればもう少し立地のことも考えたかったんだがな。まだ家具も揃いきっていない。寂しいかもしれないが上がっていってくれ」

そう言って高層マンション内へ入っていく彼を慌てて追いかける。エントランスには警備員、受付にコンシェルジュが立っており、ここが高級マンションであることを肌で感じた。

エレベーターに乗ると彼は四十八階のボタンを押した。ボタンの並びを見る限り、このマンションの最上階は五十階のようだ。こういうマンションって階数が上に行くほど家賃が高くなると聞いているが、今から正臣さんの部屋に訪れるのがいろんな意味で怖く感じる。

四十八階に到着し、彼のあとについて歩くと彼の部屋だと思われる玄関扉の前で足を止めた。すると途端に緊張感が増してきて、動きがぎこちなくなった。

「どうぞ、また片付けきれてなくて悪いが」

「お、お邪魔します」

部屋のなかはものが少ないからか広々としており、リビングの窓からは外の景色が広く見渡すことができた。片付けが終わっていないと言っていたがソファーやローテーブルは運ばれており、最低限人をもてなせるようには準備できているようだった。

しかし一つ一つを観察すると、日本製のものではなく、それでいて高級品であるのが理解できる。

「この家具は……？」

「いちいち買うのも面倒だったから実家から必要のないものを送ってもらった」

「正臣さんの実家って……」

「フランスのストラスブールというところだ。パリからは離れた場所だが俺はそこで幼少期は暮らしていた。今は両親が暮らしているな」

ということは正臣さんの家族は今日本にはいないということか。それにしても正臣さんの実家の話を聞くたびに住む世界が違う人だと再確認する。

緊張しつつソファーに腰を下ろすと彼が香りのいい紅茶が注がれたティーカップをテーブルの上に置いてくれた。

「昼食を作ろうかと思うんだが君はどうする？　まあ、特にすることもないだろうし、手伝ってくれればありがたいが」

「て、手伝います！」

「分かった、じゃあそれを飲んでからにしよう」

そう言って正臣さんが私の隣に腰を下ろす。彼が座ったことにより、ソファーの重心が彼の方へと傾いた。しかしリビングだけでも本当に広い部屋だ。それに天井も高く、階段が伸びていることから二階もあるみたいだ。廊下にはまだ部屋があったし、一人で住むには広すぎるくらい。両親がフランスにいると言っていたが、日本に来る機会があったりするのだろうか。

そんなことを考えていると不意に正臣さんの腕が私の肩に回った。それと同時に強い力で体を引き寄せられる。

「ま、正臣さん？」

「君は本当に声に出るな」

プライベートでの正臣さんの距離が近いのはここ数日間で知ったつもりだったが、いつも突然すぎて私の心臓が持たない。だけど驚くだけで嫌ではなく、彼からこうして求めてくれることがうれしい。私からもなにか返せたらいいのだけど。

正臣さんも私が嫌ではないと知ってから遠慮しなくなった気がする。

「最近あまり話せていなかったからな。こうして君と休みをゆっくり過ごすのは初めてだな」

「確かに……お休みが一緒になるっていうのは初めてですね」

「ああ、出かける約束をしていたのに家に来てもらうことになって悪かった」

「そんな……」

申し訳なさそうにする正臣さんに私は首を横に振った。結局最後まで正臣さんと行きたいところは見つけられなかった。正臣さんといられるだけで幸せ、それは間違いなく本心で今この瞬間もそう思っている。それに出かけるよりも先に彼の好きなことや興味のあることを知って、より彼のことを理解したいと思っていた。

今日は電話じゃなくて彼の顔を見て話せるのだから、そう思って早速気になっていたことを質問してみた。

「正臣さんは休みの日はなにを？」

「本を読むことが多いな。本もいくつか実家から送ってもらった」

そう言って彼が指先を向けた方を見ればまだ開封されていない段ボール箱が置かれている。箱の大きさを見るに相当な量の本が入っていることが分かる。正臣さんは小説よりも実用書などを読む機会が多そうだなあ。

「興味があるならいくつか貸そう。実用書とかなら仕事の役に立つだろう」

「いいんでしょうか。べ、勉強します！」

正臣さんが使っていた本を借りられるなんて。借りたらじっくりと読み込もう。そう意気込んでいる私の隣で彼が困ったようにため息を吐きながら額に手を置いた。

「悪い、休みの日に仕事の話をして。まだ上手いこと切り替えができていないようだ」

「え……」

彼の言葉に不思議と首を傾けた。もしかして私のために仕事の話をしないように気を遣ってくれた？　そんなことを気にしなくても正臣さんが普段から仕事のことを第一に考えていることは知っているし、私もそういうところを凄く尊敬している。

ありのままの正臣さんでいいのに。それを相手に上手に伝えるにはどうしたらいいんだろうか。彼にかける言葉を探していると不意に彼の手が私の頭に乗っかる。なんだと思えば彼がただ黙ったまま私の髪を撫で始めた。

「ま、正臣さん？　どうかされました？」

「いや……癒されるなと思って」

「癒し、ですか……」

顔が怖いと言われ続けた私にそのような効果があるとは思えないが。だけど正臣さんの疲れが取れるなら黙っておこう。それに彼の手は大きくて温かくて、撫でられている私も気分がいい。

ひとしきり撫でた彼は満足したのか、「それにしても」と口を開いた。

「できるなら今度からの休日はこうして君との時間が増えるようにしたいと思う」

「私は正臣さんに休んでいただきたいんですが」

「遊といれば自然と疲れは取れるはずだ」

またそんなことを、と呟くと肩にずしりと体重が乗っかる。なにかと思えば正臣さんが頭を私の肩に預けるようにして倒れてきていた。

「なっ、え？」

「行動で示した方が早いと思ってな。遊の傍は穏やかな時間が流れる。俺も気を張らなくて済むから楽だ」

「……」

仕事場での彼の周りの空気はいつも張りつめていて、あの空気のなか一日身を置くと考えるだけで気が遠くなってしまう。それを毎日のように体感している彼は強靭な精神力を持っている人だと感じていたが、今の言葉から彼も私と同じ人間であることを再確認する。

知れば知るほど正臣さんという人は近いようで遠い、不思議な存在だ。そんな彼が私に対してだけ心を許してくれているということに優越感を抱く。

少し顔の向きを変えた彼と視線が絡み合うとどちらからともなく唇を重ねる。次第にキスは深くなり、二人の体勢を崩していった。

「んっ……」

正臣さんを受け入れることが心底好きだと感じる。その反面、恐怖のようなものが足元から這い上がってくるのも感じていた。私のなかにある迷いが彼に伝わっていないか不安で、そしてまだ彼に打ち明けられていないことへの罪悪感が消えずにいる。彼に甘やかされて、愛で溶かされてしまえばそんな不安も消えてくれるのだろうか。

(誕生日が迫ってる……)

まだそのことを彼に話せていない。私が言わなければ彼は気付かないだろう。だけどあとから知られたとき、なぜ言わなかったと問い詰められることは目に見えていた。私が逆の立場ならきっとそうすると思うから。

お互いのためだと納得したつもりだったけれど、ふとした瞬間に睦月の顔が浮かんでしまうのはまだ彼に未練を抱えているからだ。睦月とのことが解決していないのに、正臣さんと約束してしまっていいのだろうか。そう考えてしまうのが正臣さんに対して申し訳なくて、情けない気持ちで胸がいっぱいになる。

「考えごとか？」

「……え？」

「なにか、別のことを考えているだろう」

その言葉に頷けずにいると彼がはあと息を吐き出して私から離れた。

「まだ、話せないんだよな？」

「……はい」

「分かった、君のことを信じて待とう。だけど知っていてほしい。君がなにを言ったとしても俺は君のことを否定しない。遊自身の判断に任せる」

正臣さんは私がなにに対して迷っているのか、とっくに知っている。それなのに私から答えを出すことを待っていてくれる。

彼の気持ちに応えたい。そう思うと答えは一つのはずなのに、私はその選択肢を選べずにいる。正臣さんのことを一番に考えたいのに、幸せを感じるたびに頭を過るのはずっと隣にいてくれた彼の顔だった。

彼にとっての、睦月にとっての幸せとはいったいなんだろうか。

「ご飯にするか。手伝ってくれるな？」

「……はい」

正臣さんが私の手を握ってソファーから立ち上がらせてくれる。私はこの人のことが好きだ。私のことを独りにしたくないと言ってくれた彼のことが。

（だけど……）

私の味方だと言ってくれた彼の手も離したくないなんて、私は欲張りなんだろうか。

睦月のことで頭がいっぱいになっているのに正臣さんの傍にいるなんて、真剣にお付き合いしてくれている彼に失礼だ。だからといって睦月のことをこのまま「はいそうですか」と終わらせたくはない。なぜなら彼はこの世にいる、唯一の家族だから。

正臣さんも睦月も私の大切な人で、それぞれに対して抱えている想いは異なる。睦月は私と正臣さんが一緒になることに対して、自分は邪魔な存在だと思い込んでいるんだろうか。

（最後に見たあの表情は……）

一人にしないでと言っている顔だった。

誕生日まで一週間を切っていた。まだ正臣さんには伝えられていない。直前になると彼に迷惑がかかると分かっているのに、まだ睦月とのことが諦められずにいる。

（睦月も一緒に……なんて、睦月にも正臣さんにも迷惑だ……）

だけど今年の誕生日、睦月と過ごさなかったら……今後彼との繋がりは消えてしまう。そんな気がしてならない。あのときの彼にはそれくらいの覚悟を感じた。

気持ちに板挟みにされている私は朝から憂鬱な気持ちで出勤していた。気持ちは晴れなくとも仕事は普段通り進める必要がある。従業員用テラスで昼食をとり、午後からの仕事に取りかかるために更衣室に戻ろうと扉を開けたとき、奥の方から女性スタッフ二人の大きな声が響き渡ってきた。

「やっぱりそうだよね！　私ばっちり見ちゃったもん！」

「本当にああいうことあるんだ～。ドラマみたいでドキドキしちゃった～」

二人とも興奮しているのか、周りを配慮していない声の大きさで嫌でも内容が耳に入ってきてしまう。私は自分のロッカーの鍵を開けながら私物を片付けていく。

しかしその女子二人の会話の話題が明確になったとき、自然と手が止まった。

「あれ絶対、俳優の九条一夜《くじょういちや》とモデルのナナだったよね～。同じ部屋から出てきたし、あれはスキャンダル確定だよ～」

その話題は芸能人の密会だったのだ。私は芸能人に疎いため、ホテルの廊下ですれ違っても気付かないだろう。しかし彼女たちのように詳しい人であれば、相手が変装していたとしても気付くこともある。気付いていたとしても私たちスタッフは気付かなかったことにしなければならない。それがゲストの個人情報を守るということだ。

「遊、遊！」

香苗が声を潜めながらこちらへ向かってくる。その表情はどこか不安げで、いつも明るい彼女には珍しい。どうやら抱えている不安は私のものと同じようだ。

「今の話聞いた？　昨日、芸能人がこのホテルに泊まっていたって」

「うん、聞いたよ」

「だめだよね、あんな大きな声で話したらみんなに聞かれちゃうし……それに話してる子たちがさ……」

彼女の言葉に私は場所を移動すると声が聞こえてきた方向へ足を伸ばす。ロッカーの角から覗くとそこに立っていた女性スタッフ二人には見覚えがあった。制服は私と同じもので、年齢も近い。同じハウスキーパーのスタッフだ。このあいだ仕事中に結婚式を挙げている風景を見ていた二人だった。

ハウスキーパーの客室清掃は朝、ゲストがチェックアウトされた部屋から掃除を始める。そのため、客室から廊下に出た際にチェックアウトし、客室をあとにするお客様とすれ違うことがある。二人はそのときに芸能人が部屋から出てくるところを見たのだろう。ハウスキーパーは特にそのようなお客様の個人情報を守る必要がある。なぜなら私たちはお客様のもっともプライベートに近い部分に触れる仕事だからだ。客室を掃除していて、そこにお客様がどのように過ごしたか分かる痕跡があったとしても、それを他言してはならない。だから彼女たちが話しているのをほかの従業員が聞いてしまったら、その人たちからのハウスキーパーの評価は下がるだろう。

「……」

以前の私なら、このような状況になったとしても自分から動き出すことはしなかった。しかしハウスキーパーを引っ張っていく存在になるには、なにごとにも臆さずに人に注意できる度胸を持たなくてはならない。なによりも、彼女たちが間違ったことをしていると分かっているのに、ここで黙って眺めていることはできない。

「遊？」

それに正臣さんから見て誇りに思える部下でいたいと思うから。ロッカーの陰から出て二人の元へ向かう。香苗が慌てて私の名前を呼んだが、それも気にならなかった。二人の前まで来ると彼女たちは私に気付いて、一瞬怯んだようにこちらを見た。

「な、なに、長沢さん。なんか用？」

「……」

二人の前に立つと一気に緊張感が増してくる。怖がらせないように、それでいてしっかりと言いたいことが伝わるように話さないと。胸元の制服の布をぎゅっと右手で握り、気持ちを落ち着かせる。ゆっくりと息を吐き出すと、私は二人のことを見据えた。

「水木《みずき》さん、柳田《やなぎだ》さん。そういうことはあまり大きな声で話すべきじゃないと思う。ここじゃ誰が聞いているか分からないし、もしものことがあったら困るのはあなたたちだよ」

「そういうことって……もしかしてさっき話してたこと？　あれ、長沢さんって芸能人とか知らなそうだけど実は興味あったりして」

「そういうことじゃなくて」

私がそう言いのけると彼女たちは困ったように顔を見合わせた。どうやら悪いことはしている自覚があるようだが、私に注意されることについては納得がいっていない様子だった。

「長沢さんが言いたいことも分かるけど、でもこれは内輪話っていうか～。別にここ以外で話すつもりなんかないし」

「そうだよ、ちょっと盛り上がっただけで私たちそういうつもりじゃ……」

そう言って言い逃れようとする二人を私はこのままにしておくつもりはない。自覚があったとしても今日みたいに無意識にまた同じことをしてしまう可能性もある。水木さんも柳田さんも悪い人じゃないということを知っている。だからこそ、ここでしっかりと反省してもらいたいのだ。

「そういう意識じゃだめだと思う。特に芸能人のプライベートは気を付けないと。それに情報源がこのホテルからだって知られたら、責任を取るのは二人だけじゃなくて、このホテル全体になる。それくらい、お客様のプライベートを守るってことは大事なんだよ」

私も木村様のことがあってからなおさらそのような意識が生まれた。結果的には指輪は木村様が持っていたこともあり、ホテルに責任はなかった。だけどももしも私がお客様から預かっていた指輪を紛失していたとしたら、それは私だけじゃなくてホテル全体の問題になる。正臣さんはもしそうだとしても私だけのせいじゃないとあのときは言ってくれたけど、その意識を持っているかどうかで人の行いは変わってくる。

二人に悪気があってスキャンダルの話を広めようとしているわけではないことは分かっている。だけど二人にあのときの私みたいな気持ちにはなってほしくないのだ。

私が真剣に二人のことを説得していると水木さんも柳田さんもようやく反省の色を

見せてくれた。

「……確かに軽率だったかも。それは謝るよ」

「まあ、長沢さんが言ってることが正しいよね」

よかった、伝わった。そう安堵していると水木さんが「でも」と私に鋭い眼光を突き付けてきた。

「長沢さんの言ってることは正しいよ？　だけどさ、そういう言い方しなくてもいいんじゃないかな？」

「……え？」

そう強く言い返された私は驚いてなにも返事することができなかった。

「長沢さん顔怖いし、そんなふうに怒られたらちょっと凹んじゃうっていうか……」

「もっと優しく言ってくれたっていいじゃん。同期なのになんでそんな上からなの？」

二人は私の態度が気に入らなかったのか、今度は私のことを追い立ててきた。すると私たちが喧嘩をしているんじゃないかと声を聞きつけて周りに人が集まってくる。人の視線が私たち三人に集中し、動悸がさらに激しくなった。

「前から思ってたけど、長沢さんって私たちのこと見下してるよね？　このあいだも怖い顔で私たちを注意しようとしてたし」

「分かる～。確かに長沢さんみたいに仕事ができるわけじゃないけど、私たちだって頑張ってるんだから、そこまで厳しく言わなくてもよくない？」

「そ、それは……」

それは私の言い方の問題だ。意図を伝えることに必死で表情や口調にまで意識が向けられていなかった。彼女たちの言うように注意の仕方だってほかにあったはずだ。重く注意するのではなく、彼女たちに合わせてさらっと言えたら二人がこんなふうに怒ることはなかったはず。

（私のせいだ……私の……）

また私の一言で人を傷つけている。傷つけて怒らせて、場の空気を悪くしているのは私だ。私が感情を外に出すことによって、状況をだめにしている。

「ちょっと！　そっちだってそんな言い方しなくていいでしょ？　そもそも悪いことをしていたのは二人だし、遊はそれを注意しただけじゃん！」

見ているだけでは耐えきれなくなったのか、ロッカーの陰から飛び出してきた香苗が二人に噛み付いた。目の前で三人の言い争いが始まり、さらに周りに人が増え、完全に注目の的になっている。

（どうしよう、どうすればいい……？）

私はまた、同じことを繰り返すのだろうか。

『だが、誰かと一緒になるということはたまに相手を傷つけることもあるだろう。それが付き合いというものだと俺は認識している。だけど傷ついて終わりじゃない。傷つけてしまったのなら目を見て謝ればいい』

正臣さんならこういうとき、きっと……。

「……さい」

「は？」

「ごめんなさい！」

私は三人に負けないくらいの大声でそう叫ぶと頭を大きく下げた。それを見た水木さんと柳田さん、そして香苗が驚いたように目を見張り、そして言い争いをやめた。

勢いよく顔を上げると水木さんたちの目をしっかり見つめ、息を吸い込むように口を開いた。

「責めるような言い方になってごめんなさい。だけどそれだけじゃなくて、水木さんも柳田さんも普段から仕事凄く頑張っているのにこんなことで評価を下げてしまうのはもったいないことだと思って……」

「……」

「気持ちが上手く伝えられなくて、表情も硬いから誤解されるのは分かっている。そのことで二人のことを傷つけてしまったなら本当にごめんなさい」

そう言って私は再び二人に向かって頭を下げた。正臣さんの言っていたこと、きっとこういうことなんじゃないだろうかと今なら思う。この先、一生失敗しないとは思えない。私はいつかまた誰かを傷つけることを言ってしまうかもしれないし、悪気がなくてもそういった行動に出てしまうかもしれない。もしそうなったとき、起こったことを後悔するのではなく、そのあとで自分がどうしたいかが重要なのだ。

がむしゃらでいい、暑苦しいと思われたっていい。今思いつくできることを精一杯する。それをせずに後悔することの方が、私は嫌だ。

突然謝られて驚いていた二人は我に返ると今度は戸惑った表情を浮かべる。

「仕事頑張ってるって……なんで……」

「なんでって、いつも私に客室清掃の結果報告を細かくしてくれていたし、そのおかげで報告書も凄く書きやすかったし」

「意外だな～、長沢さんって私たちみたいなミーハーな人、苦手だと思ってた」

「苦手じゃないよ。ただ、私が上手く話せないから空気を悪くしたらいけないと思って……あと話しかける勇気もなくて……」

すると柳田さんがくすっと笑って「それってコミュ障ってことじゃん」と言い、それが私の胸に深く突き刺さる。だけど彼女の言葉はなにも間違ってはいない。ゆっくりと顔を上げると笑っている柳田さんに対し、水木さんは少し申し訳なさそうに指で頬をかいた。

「私たちもごめん。長沢さんが言ってること凄く正論なのにムキになっちゃって」

「っ、ううん」

「というかそれならもっと先に言っておいてほしかったというか。いつも怖い顔してるし、私たち長沢さんに嫌われてるんだってずっと思ってたよ」

その言葉に必死に首を横に振り否定すると「分かってるよ」と水木さんも笑顔を浮かべてくれた。その瞬間、幼いころから抱えていたトラウマに打ち勝てた気がした。

本当のことを話しても信じてもらえず、いつしか人に心を開くことを諦めてしまったあの日。改めて心を開けばこんな景色を見られるなんて、前の私なら気付けなかった。

そのことに気付けたのも正臣さんと涼宮さんのおかげ。そして、睦月のおかげだ。

睦月が言っていたことは間違いじゃなかったんだ。だからきっと、彼が「一人でも大丈夫」と言ってくれたのなら、私は彼の力がなくたって前を向いていけるのではないだろうか。睦月はそのことに私よりも先に気付いていたんだろう。

気を出して気持ちを声に出した。

「プライベートのことで、些細なことなんですけど……」

「……あぁ、かまわない」

「……実は、今週の金曜日……私の誕生日なんです」

恐る恐る吐き出した言葉に彼が一瞬目を見開いた。

「だから、その日一緒に過ごしてくれませんか……？」

初めて家族や睦月以外と一緒に過ごす誕生日。その相手が正臣さんだったら、それは凄くうれしいことだと思う。私にとって一番特別な日を、正臣さんと過ごしたい。

「……なんでもっと早く言わなかったんだ」

「ごめんなさい……」

「いや、そうじゃなくて……話してくれて、ありがとう」

正臣さんが忙しい人だと知っている。こんな直前のお誘い、断られて当然かもしれない。だけど言わないで後悔するよりも、言って後悔したかった。

「だけどそれは些細なことじゃない。君にとっても、俺にとっても大切なことだろ」

「っ……」

「もちろんだ。君の誕生日に、遊の傍にいさせてくれ」

二人で外食するのは初めてだ、楽しみだな。シートベルトを締めて「準備できました」と顔を上げた瞬間、すぐ傍でちゅっと甘い音が鳴る。軽く触れた唇に目を見開いていると口角を上げた正臣さんの顔が視界に映った。彼は私の頭に手を回しくしゃりと髪を撫でると「行くか」と視線を前へ戻す。私だけ感情が置いてけぼりになり、呆気に取られているうちに彼の運転で車が動き出した。

(ず、ずるい……)

どうしてこんなにも余裕があるのだろうか。顔に出ない分、心のなかで感情が爆発しそうになっていた。恥ずかしいと窓に映る自分の姿を見るとその奥に見慣れた景色が視界に飛び込んでくる。私たちを乗せた車がフルールロイヤルホテルの前を通った。自然と視線はホテルのテラス部分に向けられた。いつもの誕生日ならあそこで過ごしている時間だ。

「……」

これでよかったんだよね。そう、自分に言い聞かせていた。

正臣さんが予約してくれたレストランは有名なホテルの最上階にあるイタリアンだった。以前香苗が「行きたい」とスマホで見せてくれたところだったから知っている。

だけど人気が高くて予約が取れても三か月後と言っていたような。正臣さんと今日の約束をしたのは数日前、それなのに予約が取れたというのは偶然だろうか。

「予約していた氷上です」

「お待ちしておりました、氷上様。こちらにどうぞ」

流石人気のレストランということもあって内装もお洒落でありドレスコードを意識してきてよかったと心から思った。

（しかも個室……！）

お店のスタッフに連れてこられたのは夜景がよく見える個室だった。個室だったらなおさら予約なんて取りづらいのではないだろうか。前に睦月に聞いたことがある。こういうお店の場合、お得意様が突然来店されることもあるから表向きには予約が取れないようになっていても、いくつか席を空けていると。

「素敵なお店ですね。緊張します」

「だろうな、いつもよりも顔が強張っている」

「へ……」

「冗談だ。だけどリラックスしてくれ。分からないことは聞いてくれていいから」

席に座って彼と向かい合うとふと肩の力が抜け、「はい」と返事をする。正臣さん、

「……」

「高校を卒業して家を出たときも、彼も追いかけてくるように一人暮らしを始めたんです。でもそのときに母親と結構喧嘩しちゃったようで、しばらく実家に帰っていないみたいです」

睦月は気にしなくていいと言っていたけれど、彼が実家を出た理由は私が心配だったからだろう。だから彼が家を出てしまったとき、その責任は自分にあると思った。

「誕生日も両親の命日だからって私が悲しまないように一緒に過ごしてくれて……だけど今年は正臣さんと過ごしてほしいって……」

「そうか……」

「ずっと甘えていたんです、睦月に。それに彼のことも縛っていたって気付いて、だからもう彼に会うのはやめようって」

そう思っていたのに、今更その選択は間違っていたんじゃないかと思いつつある。

私のことを追いかけて家を出てきた彼を、独りにしてよかったのだろうか。

本当はどうしたら、正解だったのか。

「そう思っているのは、遊だけなんじゃないか？」

「……え？」

彼の言葉に顔を上げると、こちらを慈しむように見つめていた目と視線が合った。

「実は今日のために遊には秘密で橘くんに会っていたんだ。君のことが聞きたくて」

「正臣さんと睦月がですか？」

「あぁ、それでこの店に決めたんだが。遊の恋人として挨拶したときは時間もなかったからな、改めて話しに行ったんだ。黙っていて悪かった」

そう言って謝った彼に私は「いえ」と首を横に振る。私のことを思ってのことだったと思うし、こうして話してくれたってことはなにもやましいことがあったわけじゃないっていうのは分かる。睦月はなんと答えたんだろうか。私のことを話すの、嫌じゃなかっただろうか。

「……遊のことを話している彼は、今の遊と同じ顔をしていた」

「同じ、顔……」

「真剣で、だけど心配げで……感受性が豊かな分、彼の方が分かりやすかったかな」

いつも笑顔の睦月が私と同じ表情になるなんてよっぽどのことだと思う。睦月も私と同じ気持ちでいてくれていると思ってもいいのかな。

先ほどまで優しい目つきだった正臣さんが瞬きをすると、一瞬で真剣な表情に変化した。そして「遊」と私の名前を呼んだその声は低く、それでいて私の心に語りかけ私は意を決すると正臣さんの手を離し、一人で睦月に近づく。

「どうして、今日はシフトに入ってないんじゃなかったの?」

「……遊ちゃんこそ、今日はここに来なくていいって言ったのにどうして来たの?」

「っ……そ、それは」

普段からは考えられないくらい冷めた睦月の口調に怖気づきそうになる気持ちを落ち着かせる。大丈夫、相手と向き合って目を見て、真剣な思いでぶつかったら伝わらない想いはない。

そう最初に教えてくれたのは睦月だったから。

「睦月に、会いに来た」

「……」

「今までのことと、これからのことを伝えに来たの」

驚くほどすんなりと飛び出したその言葉に偽りはなかった。だからこそ恐怖も迷いもなくて。私はとっくにもう、過去のトラウマを乗り越えられていたのだと思う。

「睦月、今まで私の傍にいてくれて……本当にありがとう!」

「っ……」

ふと独り寂しい夜に楽しかったころの記憶を思い返したときに、いつも思い出のなかにいるのは笑顔の両親と、そして睦月だった。睦月がいたから乗り越えられた夜があったんだ。

「私のこと、支えてくれてありがとう……」

「……違うんだ、違うんだよ遊ちゃん」

彼が苦しそうに首を横に振った。

「俺は傍にいただけでなんの役にも立っていない。遊ちゃんを変えたのは俺じゃなくて氷上さんでしょ」

「本当に……そう思っているの？」

「……」

私の方を見なくなってしまった睦月に心が折れかける。すると後ろで見守ってくれていた正臣さんが隣に来て、私の肩を支えてくれる。彼の語りかけるような視線に頷くと、もう一度強く「睦月」と名前を呼んだ。

「私は睦月のおかげだと思っていて、今までのこと全部……」

「俺のおかげ？」

「専門学校の受験のときに応援してくれたり、ホテルの面接の練習に付き合ってくれたり。当たり前のように傍にいてくれて、本当に睦月に支えられていたの」

あとがき

古須界《ふるすかい》です。書籍をお手に取っていただき、誠にありがとうございます。

マーマレード文庫様から初めて本を出させていただくことになり、私自身普段書かないような設定に挑戦いたしました。キャラクター設定や世界観など、たくさん悩みながら書かせていただきましたので、楽しんでいただけましたらうれしいです。

今作のヒロインとヒーローはお互いに似たもの同士で、お堅い雰囲気を持っています。しかしそんな二人が一緒にいることでお互いの角が取れ、硬い殻が剝がれることをイメージして書かせていただきました。

私自身、久しぶりの刊行で緊張しましたが、マーマレード文庫の担当さんや周りの方に支えていただき、無事に刊行することができてうれしいです。そして素敵な表紙を描いてくださったイラストレーターさんにも大変感謝しております。またこのような機会をいただけるように執筆を続けていきますので、もしよろしければ今後の活動も見守っていただければと思います。

改めて、このたびは今作を読んでいただき、誠にありがとうございました。

マーマレード文庫

冷徹支配人は孤独なシンデレラへの迸る激愛欲を我慢しない

2022年4月15日　第1刷発行　定価はカバーに表示してあります

著者　古須 界　©KAI FURUSU 2022
編集　株式会社エースクリエイター
発行人　鈴木幸辰
発行所　株式会社ハーパーコリンズ・ジャパン
東京都千代田区大手町1-5-1
電話　03-6269-2883（営業）
0570-008091（読者サービス係）
印刷・製本　中央精版印刷株式会社

Printed in Japan ©K.K. HarperCollins Japan 2022
ISBN-978-4-596-42840-0

m a r m a l a d e b u n k o